Contre vents et marées

DU MÊME AUTEUR

Seul l'amour fracasse les tombeaux, Presses de la Renaissance, 2005.

Au chevet des malades : guide, Presses de la Renaissance, 2003.

La tendresse pour tout bagage, Presses de la Renaissance, 2000

Face au sida, le courage d'espérer, Bayard Éditions/Centurion, 1995.

L'aide aux malades : comment les soutenir et les assister, Droguet et Ardant, 1993.

- Châtillon / Loire -
- 13 Août 2010

Denis Ledogar
avec la collaboration de Vivianne Perret

Contre vents et marées

Préface de Catherine Trautmann

PRESSES
DE LA
RENAISSANCE

Ouvrage réalisé sous la direction
éditoriale d'Alain Noël

www.presses-renaissance.com

ISBN 978-2-7509-0563-7

Préface

Quand Denis Ledogar décide de donner des nouvelles à tous ceux qu'il connaît, liés de près ou de loin à son parcours, cela donne un livre. On pourrait imaginer que cet ouvrage s'adresse à ses fidèles, et non, voilà que c'est lui qui nous offre une profession de fidélité et de tendresse, que l'on soit de la « ruche » ou que l'on n'en soit pas. Dans sa responsabilité de prêtre il ne s'arrête pas à l'autorité qui est censée être la sienne, au contraire il apprend des personnes en détresse cet enseignement qui provient de l'humilité et de la force tirées de la souffrance.

Être accueillant, être accompagnant dans une recherche de compassion, pousse si loin la compréhension de l'être souffrant qu'elle provoque à l'action, au vrai partage. Dans cette compassion-là, si loin de la condescendance et de la bonne conscience de faire du bien, rien n'est indifférent. Ni les détails de la vie, ni le geste attentionné, ni le questionnement des enfants, ni même le silence. Être accepté dans l'authenticité de ce que l'on est pour que l'autre puisse trouver la liberté d'être lui aussi tel qu'il est et le laisse « prendre la place qu'il souhaite lui accorder ». Être d'abord un homme de cœur, mais s'en expliquer aussi dans une véritable didactique de l'Amour, celui du Christ envers les petits, les humbles, les souffrants.

Lorsque je croisais Denis Ledogar sur les bancs de l'université de Strasbourg, nous suivions un cursus de théologie, catholique pour lui, protestante pour moi, œcuménique pour les deux, car nous nous retrouvions au cours du professeur Chevalier, exégète reconnu et spécialiste du Notre Père, la prière commune à tous les chrétiens. Quelques années plus tard, nos routes se sont croisées à nouveau quand il était devenu aumônier de l'hôpital de Hautepierre et moi, maire de Strasbourg. Il m'est apparu alors aussi jeune que lors de nos études, avec son visage lumineux et son air de perpétuel adolescent. Mais il y a derrière son sourire une énergie inépuisable qui lui permet de ressourcer la douceur et la proximité qu'il témoigne à tous ceux qui traversent les épreuves de la maladie ou de la perte d'un être cher.

Les valeurs chrétiennes, les valeurs humanistes si chères à notre ville de Strasbourg, capitale des droits de l'homme, Denis Ledogar ne les sert pas seulement, il les rend présentes et effectives, même si cela entraîne quelque liberté avec tous les carcans dont il veut desserrer l'étau : le carcan de la société, de nos théologies, des moralisateurs… Avoir l'esprit ouvert lui attache non-croyants ou croyants de nos cultes reconnus, musulmans comme son frère Mohamed Latahy, aumônier également, avec qui il partage une expérience spirituelle qui lui est chère.

Denis Ledogar s'est consacré à l'hôpital de Hautepierre et à ses patients avec une longévité remarquable, fruit d'un engagement et d'un travail d'équipe intense avec les personnels. Avec eux il œuvre pour le transformer en un lieu de vie. Jusqu'à ce laboratoire interreligieux qu'est devenue la chapelle œcuménique, lieu essentiel de recueillement, de sérénité et de joie aussi. La fresque de l'artiste alsacienne Sylvie Lander, intitulée *Le passage*, contribue à donner à ce lieu une atmosphère très particulière. En 1999, quand j'inaugurais comme ministre de la Culture l'espace transformé par l'artiste, je mesurai combien l'art introduit d'humanité dans un hôpital en suscitant imagination et émotions.

Les couleurs, la liberté de ton, Denis Ledogar les a en prédilection pour ses vêtements, son expression, quitte à déranger, à interroger, y compris ses pairs. Les Strasbourgeois dont je suis, qui lui témoignent estime et admiration, ne se trompent pas sur ce qui pousse et inspire le Père Denis dans sa mission de fraternité et de liberté. S'affranchir du superflu et atteindre l'essentiel, tous ceux qui fréquentent l'hôpital ou y passent une partie de leur vie savent ce que représente le dépouillement physique et moral.

Dans la tempête de la maladie et de la séparation, Denis Ledogar est un repère à la manière du phare qui par sa seule lumière guide vers le port. Chacun est libre de prendre la route qu'il trace, c'est là sa force, il n'impose rien. Notre cité, son port d'attache en quelque sorte, est fière de le compter parmi les siens. Tiens le cap que tu t'es choisi, cher Denis, et demeure un passeur en universelle fraternité.

Catherine TRAUTMANN

À ces mille visages qui depuis vingt-cinq ans imprègnent mon sacerdoce…
À Ady, Marc, Christine, Gilbert…
À Angèle et Michel.
À Yann et ses parents, Cathie et Claude.

À Irène, Emmanuel et Odile, à Éloïse et Lucile, ma famille de cœur.

Prologue

« Alors, père Denis, que devenez-vous ? »

Cette phrase, je l'entends souvent ces temps-ci.

Dans les couloirs de l'hôpital de Hautepierre où je poursuis ma tâche d'aumônier. Dans les rues de ma bonne ville de Strasbourg où j'ai ancré ma vie en m'engageant à la fois dans le sacerdoce et auprès des malades. À la fin des célébrations dans notre communauté. Dans les conférences que je donne pour réveiller l'amour de l'Évangile en nous.

Et puis surtout, dans les lettres.

Vos lettres.

Celles que vous m'avez écrites, nombreuses, depuis la parution de mon livre *La tendresse pour tout bagage*[1], touchés par mon témoignage.

J'y livrais un peu plus que mon cheminement d'ancien infirmier anesthésiste, devenu prêtre et aumônier. Je vous ai ouvert mon cœur et ma mémoire en

1. Presses de la Renaissance, Paris, 2000.

retraçant la route qui m'a conduit depuis mon enfance jusqu'ici.

Et vous me demandez à présent : « Toujours fidèle au poste, père Denis ? »

Oui. Contre vents et marées, je garde le cap sur mes choix, amarré à ce paquebot de Hautepierre. Malgré les tempêtes et les interrogations que suscite la souffrance et qui me bouleversent autant qu'elles vous transpercent.

L'année 2010 s'éclaire d'une manière particulière, à la lumière des bougies de plusieurs anniversaires qui comptent pour moi.

Elle marque, entre autres, mes vingt-cinq ans de sacerdoce et mes vingt-cinq ans au chevet des malades. Une véritable tranche de vie qui a parfois la saveur tendre des bonheurs, parfois le goût terriblement amer que laissent les incertitudes et les peines. Mais une tranche de vie sans regrets, que je souhaite partager avec vous.

Alors, le père Denis, voyons ce qu'il devient !

1

Une étole qui en dit long

La célébration va commencer dans quelques instants.

Je revêts l'aube et je déplie l'étole aux couleurs de l'arc-en-ciel que je transporte précieusement dans mon sac. « L'étole du père Denis. » Celle qui me désigne sur les photos de groupe, m'identifie à coup sûr dans la foule des pèlerinages de Lourdes. Elle m'accompagne partout et je la porte à toutes les occasions, sauf peut-être le dimanche ordinaire où j'emprunte celle de la chapelle de l'hôpital de Hautepierre.

Mais dès que je célèbre ou concélèbre à l'extérieur, quel que soit le temps liturgique, qu'il s'agisse d'un baptême, d'un mariage ou de funérailles, c'est cette étole que je passe autour du cou.

Elle est gaie et colorée. Pour autant, ne vous méprenez pas sur sa provenance. Elle n'est pas originaire d'un pays d'Amérique latine. Elle vient d'Alsace, exactement comme moi. Et nous cumulons presque le même nombre d'années de sacerdoce.

Aucun objet ne saurait mieux symboliser mes engagements au cours de ce quart de siècle qui vient de s'écouler. Les broderies qui s'échelonnent tout le long de l'étole n'illustrent pas seulement des passages de l'Évangile. Elles racontent ce qui tisse ma vie depuis vingt-cinq ans, au quotidien et au plus profond de moi-même.

Laissez-moi vous en raconter la genèse.

Nous sommes en 1985. Le 30 juin de cette année-là, je me suis allongé sur les dalles de pierre de la cathédrale de Strasbourg pour être ordonné prêtre. J'avais hâte de commencer une activité pastorale, cependant il me restait une année d'études à terminer à la faculté de théologie. Mon passé d'infirmier anesthésiste avait déterminé le sujet de mon mémoire et ma première collaboration de jeune prêtre. D'une part, j'allais écrire sur l'accompagnement des malades en fin de vie – j'ai d'ailleurs intitulé ce mémoire *Accompagner jusqu'au seuil de l'infranchissable*. D'autre part, je travaillerais à temps partiel en tant qu'aumônier d'hôpital.

Même en me consacrant à ma maîtrise et aux malades, même en conservant quelques cours à l'école d'infirmiers anesthésistes, mon tempérament d'hyperactif me soufflait que j'avais encore une plage de temps que je pouvais consacrer au monde des jeunes.

Or, voici que les sœurs de la Divine Providence m'offrent de donner des cours de religion. Je vais donc enseigner l'instruction religieuse à des adolescents dans leur établissement en classes de quatrième et de troisième, deux heures par semaine. Nous décidons rapidement de consacrer la moitié de ce temps à monter un spectacle. J'écris « nous », car ma collègue Roseau Ludwig, professeur de français et de latin, m'accompagne dans cette aventure. Sa créativité et son sens artistique feront merveille dans la réalisation de nos projets.

Trois années de suite, nos jeunes vont réfléchir sur un spectacle, l'écrire et le monter sous notre supervision. J'ai été marqué par celui que nous avions intitulé *Clown de toi*. Au fond de chacun de nous sommeille un clown, brimé par le carcan de la société, et nous allions le réveiller sur scène. Les gamins m'avaient attribué le rôle du clown Pourquoi. J'avoue que l'immense point d'interrogation cousu sur ma poitrine convenait et convient toujours bien à mes propres questionnements.

L'année où nous avons joué des scènes de l'Évangile, la recette de nos représentations a été entièrement reversée à un prêtre rédemptoriste qui œuvrait en Bolivie à la construction d'une école. Est-ce l'atmosphère sud-américaine qui a inspiré le cadeau que préparaient mes élèves pour mon départ dans le plus grand secret ? Toujours est-il que Roseau a dessiné des canevas brodés au point lancé par les gamins avec de la laine de couleur. Trois cent quarante heures de travail à de multiples petites mains. Autant de garçons que de filles : j'ai les photos pour le prouver !

Un soir de fin d'année, dans la cour de l'école, nous avons rejoué le spectacle *God Life Story*, fortement influencé par la comédie musicale *Jésus-Christ superstar*, très célèbre à l'époque. Et à la fin, j'ai reçu cette merveilleuse étole.

Les élèves avaient sélectionné eux-mêmes douze scènes de l'Évangile à broder. Les couleurs de l'arc-en-ciel représentent le bonheur et relient l'humanité entre elle. À la pointe qui repose sur mes épaules, le dessin symbolise d'un côté la fraternité et de l'autre la tendresse. Dieu, sous la forme d'un soleil, illumine le chemin sinueux qui nous conduit à Lui et les deux personnages sont là pour rappeler qu'on ne peut y accéder qu'ensemble. Quant à la tendresse, les adolescents ont voulu que je sois représenté accueillant les jeunes, soutenu par la colombe de la paix.

Et puis ils ont ajouté un clin d'œil : les signes de reconnaissance du Bigot's Club, issu de l'aumônerie et dont je parlerai dans un autre chapitre.

En soi, recevoir ce présent était déjà formidable. Mais les mots qui ont accompagné l'étole sont restés gravés dans mon cœur à tout jamais : « Denis, nous, on s'ennuie à la messe. Quand nous partirons de l'école, c'est probable qu'on n'y retournera plus. Mais quand tu célébreras la messe, chaque fois que tu porteras cette étole, on y sera, avec toi. »

Depuis, à chaque célébration, je sens tous ces jeunes autour de moi. C'est très fort et vous imaginez bien que je tiens à cette étole comme à la prunelle de mes yeux.

Pourtant, elle a subi quelques coups durs dont certains ont failli l'achever.

Le premier a été porté… par des jeunes.

Je reconnais que son absence de correspondance avec les couleurs liturgiques peut froisser les sensibilités traditionnelles. C'est ce qui s'est passé avec un groupe lors d'un de mes séjours à Lourdes.

— Ce n'est pas carnaval, ici. Retirez cette étole !

J'en ai été très blessé, puisque ce sont justement des jeunes qui m'entourent à travers ce morceau d'étoffe, signe de mon office sacerdotal. Et j'étais furieux de cette manifestation d'intolérance. Une fois de plus, juger sans écouter, condamner sans chercher à comprendre. Une plaie qui gangrène nos chairs de croyants lorsque l'on s'agrippe à nos dogmes plutôt qu'accueillir de l'autre en premier lieu. Avant de décider du caractère déplacé de mon étole, j'aurais souhaité que ces jeunes entendent d'abord l'importance que je lui attachais.

Inutile de vous préciser que je n'ai pas cédé…

Une autre fois, c'est l'objet lui-même qui a bien failli disparaître.

Je venais de célébrer un baptême et, avant de rejoindre la famille après la cérémonie, j'ai déposé mes affaires dans ma voiture. À mon retour, pfff… Tout s'était envolé : attaché-case, papiers, aube et ma précieuse étole. Ce vol m'avait rendu terriblement triste et je n'imaginais plus la récupérer, lorsqu'une quinzaine de jours plus tard, je reçus un coup de fil.

— Vous êtes le père Ledogar ? Je crois que j'ai une étole qui vous appartient.

Mes voleurs avaient balancé ce qui leur était inutile dans l'un des jardins ouvriers qui entourent Strasbourg. C'est ainsi que sa propriétaire avait hérité de mon étole, malmenée par la pluie qui s'abattait sur la ville, crottée comme un chien errant, mais intacte.

Je la remercie d'avoir mené un travail digne de Sherlock Holmes en reconstituant les morceaux de mon passeport lacéré et détrempé pour en deviner suffisamment et mener l'enquête auprès de l'évêché afin de me retrouver.

— Pour l'étole… je crois bien avoir fait une bêtise.

Soucieuse de me restituer la pièce de tissu propre, cette dame l'avait mise dans la machine à laver et elle avait rétréci. Un instant, ma belle humeur s'est assombrie : ma chère étole, miraculeusement retrouvée, m'échappait de nouveau ! Au bout du compte, ce fut positif : son passage en machine, en diminuant sa largeur, l'ajustait parfaitement à mes épaules.

Aujourd'hui, malgré les soins et le travail de restauration entrepris trois fois avec succès grâce aux doigts de fée de Liliane, elle ne peut plus dissimuler l'usure du temps. La trame s'amenuise, les brins de laine s'effilochent.

J'aurais souhaité qu'elle garde éternellement sa fraîcheur, mais finalement, elle est à mon image. Elle affiche l'usure de la vie. Je vieillis, je prends des rides et j'aime l'idée que cette étole m'accompagne aussi sur ce chemin-là.

Ce chemin passe par l'Église et ses contradictions, la jeunesse et ses angoisses, et surtout par mon travail d'aumônier en hôpital ou à Lourdes et ma vocation sacerdotale.

Avec pour balises, tendresse et fraternité.

2

La Ruche

Dimanche 4 octobre. Sous mon aube, je porte encore le pyjama des infirmiers anesthésistes, car avant de célébrer la messe de rentrée, j'ai rendu visite aux malades qui ne peuvent ou ne souhaitent pas se joindre à nous. À mes côtés, Mohamed Latahy, l'aumônier musulman, et Éliane Wild, l'aumônière protestante, confrère et consœur à Hautepierre, qui ont accepté notre invitation. La chapelle de l'hôpital, pour une fois, porte bien le nom d'« espace interreligieux » donné actuellement par les services administratifs pour désigner cet îlot au sein du paquebot. J'ai toujours été frappé par le nombre de malades qui me disent : « Mais nous avons le même Seigneur », faisant fi de la différence de religion. Dans le contexte particulier de l'hôpital, l'angoisse de la maladie, de l'être cher qui souffre, de la mort qui rôde gomme nos divergences. Hautepierre devient alors le laboratoire privilégié de l'œcuménisme.

Il y a dix ans déjà, je rêvais que nous puissions oublier le carcan de nos théologies pour réunir tous les humanistes au profit du besoin d'écoute et de tendresse du malade. J'en avais fait le vœu en guise de conclusion dans un de mes livres. Aujourd'hui, force est de constater que le chemin est épineux, façonné par la volonté des hommes bien plus que par nos croyances. Néanmoins, je l'affirme par expérience : il est toujours possible de dialoguer avec une personne respectueuse de l'autre, au-delà de nos dissemblances. Mon frère aumônier musulman l'exprime merveilleusement dans ce qu'il partage avec l'assemblée :

> « Aller vers les gens qui sont différents, c'est toujours enrichissant. Le clonage est stérile. Une parole du prophète Muhammad nous enjoint de prendre la sagesse d'où qu'elle vienne. Nous avons toujours le nez collé sur notre vérité, que nous considérons comme LA vérité, et comme nous avons toujours le nez collé dessus, nous n'arrivons pas à en saisir l'ampleur.
>
> Quand on se trouve devant une culture ou un culte différent, il y a certes des divergences, parfois des désaccords profonds, mais aussi des sagesses éclatantes de vérité. Puisque la formulation est différente, elle nous interpelle, par conséquent elle nous enrichit, elle nous incite au respect et à la reconnaissance. »

Devant lui, la communauté de fidèles l'écoute, assise en arc de cercle. Elle s'est lentement créée depuis ma prise de fonction à Hautepierre. C'est la Ruche, comme je l'appelle affectueusement, le roc sur lequel je m'appuie. Elle est si présente dans mon cœur que, d'ailleurs, lorsque mes engagements m'obligent à célébrer la messe dominicale en dehors de la chapelle, je rejoins systématiquement en pensée mes frères et sœurs qui assistent à l'office à l'hôpital.

J'ai volontairement utilisé le terme de communauté de fidèles et non de croyants. Car ceux qui viennent sont parfois très éloignés de Dieu. Ils apparaissent pour un temps, puisant dans ce lieu un peu de force pour affronter leur chagrin. Parfois, la chapelle est le seul endroit où revenir est humainement possible. La douleur les paralyse et leur interdit de gravir les escaliers qui les mèneraient un étage ou deux plus haut, là où celui ou celle qu'ils aimaient a cessé de vivre. Comment arpenter de nouveau les couloirs, revoir le personnel qui a assisté à l'agonie, lire sur les visages d'autres malades et de leurs proches l'annonce du chagrin à venir ? Alors la chapelle les accueille, les aide à exorciser les souffrances vécues dans cette maison et doucement à entreprendre un travail de deuil.

Elle leur permet aussi de retrouver d'autres familles touchées comme eux.

La Ruche s'est bâtie et développée sur un terreau spécifique, celui de l'hôpital. Ses paroissiens sont liés par le cœur et non par la géographie d'une ville.

Au départ, lorsque j'ai pris mes fonctions à Hautepierre en tant qu'aumônier-prêtre, nous assurions une célébration par jour. Et très sincèrement, c'était déprimant. Je prêchais dans une immense pièce quasiment vide, triste et fade. Elle tenait plus de la salle de réunion que d'un lieu d'accueil.

Moi qui suis un amoureux de la beauté de la liturgie, qui crois fondamentalement à l'incarnation, je ne pouvais pas survivre longtemps dans un espace qui n'incitait pas à la prière ! Mon premier geste a été de récupérer les chaises en velours rouge qui provenaient de la chapelle de l'ancien hôpital. Je les ai remises en état et installées, rompant ainsi la froideur du lieu par une note de couleur vive.

Et petit à petit, nous lui avons donné vie. Ce « nous » inclut les équipes qui se sont constituées au fur et à mesure que les besoins évoluaient. Nous avions envie d'offrir de la beauté et de la chaleur à celui qui pousserait la porte, meurtri par un pronostic difficile ou brusquement gonflé d'espoir par l'amélioration des symptômes. Nous désirions que chaque passager de notre paquebot puisse se sentir accueilli, y compris en dehors des célébrations.

La peinture a été rafraîchie, les sols égayés avec des tapis. Des tableaux sont venus agrémenter les murs. Doucement. Car la chapelle est et reste à vocation œcuménique. La traduction du mot grec est fort jolie et bien évocatrice de son véritable sens universel : il signifie « la terre habitée ». Nous ne voulions donc pas heurter par nos actions la sensibilité des aumôniers d'autres confessions. Cela dit, ainsi que je l'ai déjà mentionné, les tensions sont souvent liées avant tout aux relations humaines. J'en veux pour preuve cette anecdote : un jour, très fier de moi, j'admirais un nouvel arrangement dans la chapelle. Entre alors un frère pasteur.

— Dis donc, qu'est-ce que tu crois que tu es en train de faire ici ?

Le ton agressif ne laisse aucune équivoque sur son désaccord. Je bafouille sur la nécessité d'humaniser la vaste pièce.

— Depuis que tu as été nommé aumônier ici, tu t'imagines en restaurateur de la catholicité !

Sans me laisser le temps d'argumenter, il part en sifflant entre ses dents ce qui doit être pour lui la pire des insultes :

— Espèce de petit Jean-Paul II !

Tout au contraire, un autre aumônier a utilisé son bon sens pour me faciliter la tâche. À l'époque où je célébrais la messe quotidiennement, je rangeais toutes les preuves de catholicité, après l'office, pour rendre à la salle sa neutralité. Le pasteur passe la tête à travers la porte et m'observe avec étonnement.

— Denis, tu fais ça tous les jours ?

— Oui.

Il est évident à son regard que c'est une perte de temps et que mon travail d'aumônier serait mieux employé ailleurs.

— Laisse donc ! Nous utilisons beaucoup moins la chapelle que vous et, la plupart du temps, nous sommes en lien avec la paroisse protestante d'à côté. Je te préviendrai si j'ai besoin que tu m'enlèves tes bondieuseries !

Un grand éclat de rire et le voilà parti ! Et moi délivré de mon pensum quotidien.

Nous nous sommes tous retrouvés autour de la fresque peinte par Sylvie Lander. L'hôpital ne lui était malheureusement pas inconnu. Elle était restée au chevet de son père hospitalisé, et c'est ainsi que je l'avais rencontrée, dans le cadre de ma fonction d'aumônier. Je m'étais intéressé à son travail artistique. Plus tard, à la suite d'une conférence, l'Association générale des familles du Bas-Rhin m'a proposé de m'aider à réaliser le projet de mon choix. J'avais dans l'idée de continuer à améliorer l'aspect de la chapelle et j'ai discuté avec Brigitte, la présidente de cette association, de la possibilité d'une immense fresque murale. Brigitte s'est démenée pour réunir l'argent nécessaire et nous avons tout de suite pensé à Sylvie Lander pour la peindre. Les anges habitent son univers pictural et elle privilégie la force de la couleur. J'étais certain qu'elle saurait comprendre et exprimer cet état entre deux mondes qui caractérise le voyage sur le paquebot de Hautepierre.

Le polyptyque qui couvre à présent un mur de la chapelle a pour nom *Le Passage*. La porte symbolise le lieu entre ce qui nous est familier et l'inconnu. Qu'on la franchisse pour entrer ou pour sortir, elle apporte la promesse d'une nouvelle dimension. Elle annonce un mystère et un voyage vers un au-delà. De chaque côté veillent les archanges Michel et Raphaël, Celui qui est semblable à Dieu et Celui qui est le remède de Dieu. Le premier fait triompher la lumière sur les ténèbres, tandis que l'autre dirige les rayons de la guérison divine. Et Sylvie a convoqué toutes les couleurs de l'arc-en-ciel dans sa peinture, souhaitant procurer un réel réconfort à celui qui les contemple.

Mon frère aumônier musulman termine son introduction en évoquant la symbiose des Aborigènes australiens avec la nature et la spiritualité des Indiens d'Amérique du Nord :

> « Ô Grand Esprit, dont j'entends la voix dans les vents et dont le souffle donne vie à toutes choses, écoute-moi…
>
> … Fais que mes mains respectent les choses que tu as créées, et rends mes oreilles fines pour qu'elles puissent entendre ta voix…
>
> … Je te demande force et sagesse, non pour être supérieur à mes frères, mais afin d'être capable de combattre mon plus grand ennemi : moi-même… »

L'espace d'un instant, la prière des Indiens Ojibwa nous entraîne vers une fraternité qui dépasse les frontières et toutes les limites imposées par les dogmes. Elle parle du sens de la vie : du lien avec les autres. C'est précisément le thème de l'Évangile choisi : redécouvrir que ce que nous avons fait à l'un de ces petits qui sont nos frères, c'est, à chaque fois, au Seigneur que nous l'avons fait.

Nous avons lu Matthieu au lieu de l'Évangile du jour, car il me semble évident, dans la mesure où nous invitons des frères d'une confession religieuse différente, de choisir des textes où nous pouvons nous rejoindre.

Cette liberté liturgique que je m'octroie régulièrement n'est pas le fruit de mes humeurs, loin s'en faut ! Je ne perds jamais de vue que j'officie au sein d'un hôpital. Il faut donc nous adapter au malade, car il doit être au centre de nos préoccupations. Ainsi l'assistance reste assise pratiquement pendant toute la célébration. D'ailleurs, je repère vite les nouveaux venus parce qu'ils se retrouvent, un peu surpris, souvent seuls debout !

Pourquoi ? Parce qu'un grand malade s'épuise inutilement à se lever. Et lorsque sa condition physique lui impose d'être assis, il peut détester se faire remarquer. Sans compter que s'il n'est pas au premier rang, il voit son horizon muré par les dos des paroissiens bien portants ! C'est une façon supplémentaire d'être coupé des autres. Or, durant le temps de l'hospitalisation, le patient se sent rapidement marginalisé, sa situation le plaçant hors de la société, de la norme. À quoi bon accroître son malaise ?

C'est également pour ne pas fatiguer les malades par une célébration trop longue que nous ne prenons qu'une lecture avant l'Évangile.

Mais nos ouailles ne se formalisent plus de ces changements depuis longtemps. À l'exception de quelques habitants du quartier, fidèles de la première heure, cette famille paroissiale est née de l'usage de l'hôpital : les malades et leurs proches, bien sûr, mais également le personnel soignant. Les aides-soignantes, quelquefois les infirmières, descendaient de leurs étages les patients qui souhaitaient assister à la messe et s'étonnaient qu'elle soit animée par nos équipes. L'information s'est vite répercutée de service en service. Notre communauté comprend parfaitement notre souci de donner priorité aux malades. Le bouche-à-oreille fait le reste pour augmenter le nombre de participants et, chaque dimanche, nous sommes facilement entre deux cents et deux cent cinquante. Certains, je le sais, sont de passage, ils disparaîtront bientôt ; d'autres sont là tous les dimanches ou ne viennent qu'aux célébrations d'importance, telle la fête des défunts, lors de laquelle notre chapelle déborde. Les portes restent alors grandes ouvertes pour accueillir plus de quatre cents personnes.

Finalement, je gère une paroisse dont les fidèles changent toutes les semaines !

Une équipe liturgique s'est mise en place pour faire vivre ces célébrations. Nous invitons des chorales et Jeannine, avec son groupe, rivalise d'inventivité pour créer des compositions florales de toute beauté. En ce mois d'octobre, elle a, pour accueillir l'automne, embelli les branches d'un arbre de raisins et de feuilles de vigne, et déposé à son pied une énorme citrouille. Nous laissons toujours les décorations dans la chapelle afin de contribuer à un meilleur accueil du visiteur.

À l'entrée, comme souvent dans les lieux de culte, un grand cahier attend sur une table.

Chaque mot inscrit est précieux. Il témoigne que la chapelle est habitée. Les hommes et les femmes qui y passent viennent prier, remercier, honorer. Ou hurler leur douleur et leur révolte. Un appel à l'aide bouleversant. Ce cahier garde la trace du cri de nos frères et sœurs crucifiés, mais aussi l'exclamation de joie de ceux qui vivent de beaux moments de guérison ou la naissance d'un enfant.

Souvent, on laisse une ligne de remerciement, comme Louis qui écrit : « J'aime me recueillir dans cette chapelle. J'y trouve la paix. »

Ou une anonyme qui avoue : « Voilà bien longtemps que je ne suis venue te rendre visite… Merci de cette porte ouverte. »

Et Jacques qui s'étonne de sa découverte : « Je ne connaissais pas votre chapelle. J'étais ému, je baptiserai ma fille en ce lieu. »

Nous conservons précieusement chaque cahier lorsque les pages sont entièrement remplies. Toutes ces lignes reflètent un quotidien de l'hôpital, intraduisible en statistiques d'interventions chirurgicales. C'est un moment d'intimité où l'humain dévoile toute sa fragilité devant Dieu.

La messe se poursuit après l'intervention d'Éliane Wild, ma consœur protestante. L'autel de la chapelle est plutôt original : c'est un pétrin ! Un vrai pétrin de boulanger. Ma mère m'en a fait cadeau et depuis douze ans j'y célèbre le sacrifice du Christ. J'aime ce lien familial qu'il évoque, ainsi que la très belle symbolique auquel il se rattache. Dans l'Évangile de Jean, Jésus dit : « Moi je suis le pain vivant, descendu du ciel. Celui qui le mange ne mourra pas. » Et ce pain, nous le partageons entre frères. Je souscris entièrement à la réflexion d'Antoine de Saint-Exupéry, dans son livre intitulé *Pilote de guerre* : « La saveur du pain partagé n'a point d'égale. »

Les enfants sont assis sur le tapis au pied de l'autel. Ils ont étalé des crayons de couleur et dessinent avec application. De temps à autre, l'un d'eux, ayant terminé son œuvre d'art, se retourne vers l'assemblée pour apostropher ses parents avec un grand sourire.

— Z'est beau, hein ?

Une fois son génie admiré d'un signe de la tête attendri par les intéressés, il retourne gentiment à son dessin.

Avec du temps et un peu de patience, les gamins ont pris l'habitude de la liturgie. On avait tout tenté avec eux, y compris de se retirer avec un adulte dans une autre pièce pendant les lectures et de les laisser revenir au moment de l'offertoire.

Cependant je trouvais dommage de priver les enfants d'un partage avec leurs parents. D'autant que je vois mal comment les éduquer à la messe s'ils n'y sont jamais présents !

Nous avons fait le pari d'un double apprentissage. Les adultes acceptent de faire un effort. Ils tolèrent leur spontanéité quelquefois bruyante. Les gamins apprennent à se taire pour laisser les grands prier.

Il y a néanmoins toujours un âge où l'enfant tient très difficilement en place. Aujourd'hui, c'est la petite Camille. Adorable et malicieuse, elle se glisse sous l'autel et rampe jusqu'à mes pieds. Elle agrippe ma chasuble et la secoue énergiquement. Sa maman, quelques rangs plus loin, m'adresse un sourire crispé. Elle doit attendre que la petite cesse son jeu pour l'attraper. Camille, heureusement, lâche rapidement mon vêtement et reprend son exploration. Sa mère est à l'affût. D'un bond, elle cueille le petit paquet hilare et le maintient fortement dans ses bras pour l'empêcher de fuir vers d'autres aventures.

J'en profite pour rejoindre les enfants devant l'autel et m'agenouiller avec eux. Je prends toujours un temps de prière avec eux pendant la célébration. Je leur enseigne également à saluer Jésus au début et à la fin de la messe.

Il faut leur donner une place, adaptée bien sûr à leur âge. Par là, j'entends qu'il ne faut pas hésiter à s'adresser à eux au cours d'une célébration. D'ailleurs, je trouve la chapelle, qui est plus petite et plus confortable que nos grands monuments, idéale pour les inclure.

Aujourd'hui, nous avons tendance à compartimenter la société par catégories. L'Église permet de rassembler les bébés et les personnes âgées, les couples et les célibataires, les actifs et les inactifs. En conséquence, une Église qui vit se doit d'admettre la diversité de ses paroissiens. Les fauteuils roulants qui prennent deux places, le petit vieux qui ne marche pas assez vite dans l'allée, l'enfant qui laisse tomber par jeu son doudou dix fois sur le sol et la dame exaspérante à chanter très fort et très faux.

C'est admettre l'altérité, accepter que l'autre nous dérange dans nos certitudes et notre confort. Même si cette confrontation nous frappe souvent de manière plus visible lorsque nous expérimentons une situation exceptionnelle, c'est un exercice qui se pratique au quotidien, dans les petits gestes simples de la vie. Et ça, ce n'est pas facile tous les jours !

La petite Camille aime la musique et bat joyeusement des mains pour montrer son contentement en écoutant le chant qui achève la célébration. Aujourd'hui, comme nous en avons pris l'habitude, nous offrons le verre de l'amitié après la messe de rentrée. Nous avons investi le hall de l'hôpital pour installer de grandes tables et faire circuler les kouglofs salés. Il y a toujours d'excellentes cuisinières dans les paroisses et celles de Hautepierre n'ont rien à leur envier. Ces dames me régalent souvent en m'apportant des gâteaux à l'aumônerie et contribuent à menacer dangereusement d'embonpoint mon tour de taille.

La Ruche bourdonne de conversations dans le hall. C'est aussi fréquemment le cas avant nos célébrations et je prends comme un signe de bonne santé de la communauté le fait d'entendre nos paroissiens s'interpeller et discuter au lieu d'attendre en silence le début de la messe.

Annick veille à ce que les tables soient regarnies. Elle fait des allers-retours entre le bureau, l'aumônerie et le hall pour aller chercher des bouteilles de crémant d'Alsace et des jus de fruit. Annick remplace en tant que permanente pastorale sœur Anne-Marie, partie à la retraite et avec qui j'avais formé ma première équipe. Elle n'est pas religieuse, mais laïque. De ses années en entreprise, elle a gardé un solide sens de l'organisation, sans céder à la panique. C'est très utile dans un service comme le nôtre où l'imprévu nous bouscule tous les jours ! Éliane et Mohamed, les deux aumôniers, nous font l'amitié de se joindre un instant à nous avant de retourner à leurs activités. Là où je suis né – à Uberach, un petit village d'Alsace –, la frontière entre protestants et catholiques est délimitée par la rivière. Je suis parfois troublé d'imaginer que l'appartenance religieuse de mon milieu est peut-être liée à un détail topographique.

— Tu vois, Annick, si j'étais né cent mètres plus loin, de l'autre côté de la Moder, je serais protestant.

— Oui, mais pour l'instant, tu es prêtre catholique et tu as toute une famille qui t'attend dans la chapelle pour faire baptiser son bébé.

Je dépose mon verre en toute hâte et je salue mes confrères.

— J'y cours. Au fait, c'est le combien ?

— Le soixante-quatrième.

— Tu crois qu'on va atteindre soixante-dix-huit, comme l'année dernière ?

Harpagon comptait peut-être son or, mais Annick et moi calculons un tout autre trésor : le nombre de chérubins qui sont baptisés. De jolies abeilles supplémentaires à l'actif de la Ruche, et surtout des moments de joie à partager avec leurs parents. Car l'équilibre de notre communauté repose aussi sur la chapelle en tant que lieu de bonheur. La vie est faite de joies et de peines, de souffrances et de gaieté. C'est ce mélange que je cherche à préserver, autant pour le bénéfice de la paroisse que pour la qualité de mon apostolat. Ainsi je clame régulièrement que je suis un prêtre décidé à assurer le service après-vente ! Je n'hésite jamais, lorsque j'unis un couple de tourtereaux, à signaler que je me suis engagé auprès d'eux le jour de leur mariage et que je serai prêt également à baptiser le fruit de leur union. J'aime l'idée que les murs de la chapelle ne résonnent pas seulement des sanglots étouffés des affligés, mais aussi de l'allégresse d'un moment de bonheur. Et peut-être les rires des uns sauront-ils communiquer un peu d'espoir aux autres.

Ils sont une vingtaine à m'attendre dans la chapelle avec leur petit bout de chou paisiblement endormi et indifférent à l'agitation dont il est pourtant la cause. D'autres enfants, plus âgés, sont fascinés par la cloche placée à l'entrée, accrochée dans un cadre en bois, sous l'œil vigilant des parents qui craignent que les gamins ne résistent pas à l'envie de la faire sonner. Je m'approche d'eux.

— Elle est fêlée.

— Ça veut dire quoi ?

— Qu'elle est abîmée. Qu'il faudrait la refondre pour qu'elle carillonne avec un son juste.

— Pourquoi tu ne le fais pas ? me reproche un garçon avec aplomb.

— Parce que, telle qu'elle est, cette cloche me rappelle quelqu'un.

Après vingt-cinq ans de sacerdoce et de vie d'aumônier d'hôpital, ma mémoire est tissée de mille liens qui me chuchotent des noms, des drames poignants, des beautés du cœur. Ce cadeau en dit long sur les relations qui se nouent entre les quatre murs d'une chambre d'hôpital et qui ne s'évanouissent pas une fois la porte franchie. Et cette cloche, lorsque je la contemple, me transporte des années auparavant. J'étais jeune prêtre et l'homme dont je me suis occupé est décédé. Un jour, sa veuve me téléphone et me demande de passer à son domicile. C'est une jolie petite maison avec un jardin sur l'arrière. La cloche est là, à côté des rosiers en fleurs. J'avais pris le temps de m'asseoir au chevet de cet homme en fin de vie. Il avait accepté sans hésitation ma jeunesse et mon inexpérience pour être accompagné jusqu'au bout. Jusqu'au franchissement de cette porte symbolisée par les panneaux qui ornent justement les murs de notre chapelle. Et sa femme tenait à ce qu'une preuve vienne matérialiser les moments que nous avions vécus tous ensemble.

Le scénariste Michel Audiard s'était inspiré avec humour d'un verset des Béatitudes dans la Bible pour le transformer en : « Heureux soient les fêlés, car ils laissent passer la lumière. » À mon tour de jouer avec les mots et d'avouer que cette cloche ne sera pas réparée : « Bénie soit cette fêlure, car elle laisse passer la lumière, la lumière de cette rencontre, la lumière que laissent les êtres lorsqu'on a traversé avec eux une phase aiguë de leur existence. »

C'est un peu de cette lumière qui brille dans la flamme des bougies que les visiteurs allument devant l'icône de Marie, cadeau d'un frère assomptionniste à la suite de son séjour en Bulgarie, et qui nous rappelle que toute vie est précieuse et unique.

C'est une vie toute neuve qui s'éveille dans son siège de bébé. Il gazouille et sa maman se précipite, un biberon à la main. Je repère immédiatement dans l'assistance un jeune homme, l'air gêné, ne sachant pas trop quoi faire de lui-même. Il est clair qu'il n'a pas l'habitude de ce genre de célébrations. Peut-être a-t-il tout simplement été élevé en dehors de toute forme de religion, ou est-il de confession différente.

La veille encore, j'ai été confronté à un problème d'accueil de la différence au sein de notre Église. J'étais dans le bureau de l'aumônerie lorsque le téléphone a sonné.

— Bonjour, mon père. Nous voudrions faire baptiser notre fils et le curé de notre paroisse ne le peut pas. Vous ne nous connaissez pas, mais une amie nous a parlé de vous.

Jusque-là, tout se passe bien et j'ouvre mon énorme agenda noir pour noter une date qui leur convient. Je ne m'interroge pas véritablement sur les raisons qui poussent cette jeune maman à me contacter. Elles peuvent être tellement variées. J'avais eu récemment le cas d'un parrain, marin au long cours. Les dates qui m'avaient été proposées pour le baptême étaient incompatibles avec les activités traditionnellement attachées à une paroisse, seulement elles coïncidaient avec les disponibilités de ses permissions ! N'ayant pas les mêmes impératifs qu'un curé de paroisse, j'avais pu les contenter. Voilà que la maman reprend, une note de gêne dans la voix :

— Euh… Le parrain est musulman. Ça ne pose pas de problème ? Non ?

Si, ça pose un problème dans l'Église. Le parrain ou la marraine doivent obligatoirement être eux-mêmes baptisés dans la foi catholique. C'est ce que je lui dis.

La maman proteste vigoureusement au téléphone.

— Mais je ne comprends pas ! C'est ce que nous a déjà expliqué le curé de notre paroisse. Pourtant Karim croit vraiment en Dieu. C'est aussi l'ami le plus proche de notre famille. C'est à lui que nous souhaitons confier notre fils et nous sommes certains qu'il respectera nos convictions religieuses.

Je ne peux que proposer à mon interlocutrice de passer me voir.

— Venez, nous essayerons de trouver ensemble une solution qui intégrera Karim à la célébration, sans pour autant lui conférer le titre de parrain selon le rite du baptême catholique.

Il me semble essentiel de satisfaire le désir de cette maman, d'une façon ou d'une autre. Parce que je crois que nous devons avant tout respecter les relations fraternelles qui se sont établies entre cette famille et leur ami au point de dépasser une question théologique. Le patriarche Athénagoras avait même proposé, en manière de boutade, lors de sa rencontre avec le pape Paul VI en 1965, d'enfermer tous les théologiens sur l'île grecque de Patmos. Ce sont eux qui sont à la source des principaux obstacles à franchir pour réconcilier nos Églises, disait-il !

Si j'insiste, c'est parce que je souffre de constater que les questions théologiques de tous bords religieux nous divisent et nous affaiblissent. Quel que soit le bien-fondé de ces réflexions, elles ne doivent pas nous empêcher de rassembler nos frères. Et je souhaite que l'Église, mon Église, soit plus inventive et audacieuse pour accueillir la mixité des religions.

Chaque jour, à l'hôpital, je côtoie des personnes confrontées brutalement aux interrogations suscitées par la mort. Leurs demandes angoissées sont bien plus simples et directes que celles traitées par nos théologiens. Que peut le Seigneur pour moi ? Peut-Il m'aider à traverser cette épreuve ? Tout le reste devient détail pour eux.

C'est pourquoi, contre vents et marées, je persiste à penser que l'unité est le seul chemin possible. Nous sommes condamnés à réussir.

En attendant cette joie future, je porte toute mon attention vers la petite abeille qui va recevoir le baptême du Christ. Une petite abeille qui vient grossir pour mon plus grand bonheur les rangs de la Ruche.

3

Lucas, un semeur d'étoiles

Oui, mon bonhomme ! Un chapitre rien que pour toi. Voilà qui t'étonne ? C'est que tu comptes dans ma vie et j'aimerais partager notre histoire.

Elle a débuté tristement le 6 décembre 2004. Pourtant, chez nous, en Alsace, c'est un jour de fête. On célèbre la Saint-Nicolas, protecteur des écoliers. Celui-là même qui a sauvé des enfants du saloir du vilain boucher. Ce jour-là, Saint-Nicolas aurait mieux fait de veiller sur toi plutôt que de distribuer des friandises et des *männele*, ces brioches en forme de bonshommes, aux autres enfants. Ton grand-père avait pourtant respecté la signalisation qui l'obligeait à céder le passage. Malgré cela, il n'a pas remarqué à temps la voiture qui suivait. Le choc a été terrible. Ton grand-père ne s'est jamais pardonné l'accident, lui qui t'aimait tant. Et son chagrin l'a lentement miné.

Est-ce que tu te souviens de l'hélicoptère de la sécurité civile qui t'a déposé chez nous ? Non, bien sûr. Tu étais inconscient. Une cigogne bizarre, rouge et jaune, apportant un gosse de sept ans, cassé de partout, ce n'est pas le genre de cadeau que le personnel de l'hôpital apprécie. Chaque blessé nous fait mal, mais je suis certain que les soignants diront avec moi qu'un gamin dans un service de réanimation nous serre particulièrement le cœur.

Toi et ton papi avez été admis en « réa », ainsi que l'on abrège familièrement le service de réanimation. Une unité d'une dizaine de petits boxes équipés d'un lit. Suffisamment larges cependant pour installer des sièges pour les visites de ta famille.

Ta famille…

C'est elle que j'ai rencontrée tout d'abord. Ton papa et ta maman. Souvent, le premier geste d'accompagnement d'un aumônier est pour les proches. Soit qu'ils demandent à lui parler, soit que le malade ne puisse pas communiquer. Et toi, mon bonhomme, tu étais dans le coma.

Le médecin a annoncé la nouvelle le soir même à tes parents : ton papi allait s'en sortir, par étapes et vraisemblablement avec une hospitalisation de longue durée. Pour toi, c'était une autre paire de manches. Il fallait apprendre à ce jeune couple que leur fils ne marcherait plus, ne serrerait plus aucun jouet dans ses bras et qu'il aurait des difficultés à parler à cause de l'appareillage.

Une collision violente et brutale de quelques secondes sur une route, à un banal croisement, et à sept ans, Lucas, tu es devenu tétraplégique sous assistance respiratoire obligatoire.

Je ne parlerai pas au nom de ton père et ta mère. J'imagine seulement qu'à ce moment-là, le choc a dû être aussi dévastateur dans leurs têtes que celui de ton accident.

Je n'ai pas de discours bien rodé à offrir à la famille dans ces circonstances. Je suis bien souvent aussi démuni qu'elle devant les terribles nouvelles. J'apporte avant tout une écoute, une disponibilité. C'est là qu'il est essentiel d'être un homme de cœur et non de culte.

Tu es resté deux années et demie à Hautepierre. Et je suis certain que, plus d'une fois, tu aurais aimé tailler dans le temps à coup de grands ciseaux magiques pour réduire les heures à des secondes. Si je cherche un point positif à la durée de la situation, j'observerai qu'elle nous a laissé la possibilité de nous connaître. De nous apprivoiser mutuellement.

C'est le thème du *Petit Prince* de Saint-Exupéry. Cette histoire me plaisait déjà énormément lorsque j'étais enfant et elle m'a servi de guide pour approcher mes malades. Les infirmières ont bien des protocoles de soins pour leurs patients ! Alors pour moi, qui pénètre dans les chambres seulement sur invitation et sans médicament prescrit à faire avaler, je ne vais pas dédaigner un coup de pouce du Petit Prince pour remplir ma mission ! Vingt-cinq ans plus tard, je continue de garder en mémoire des passages que je me répète avant d'entrer dans une chambre. Et la phrase la plus importante pour commencer notre histoire a été celle qu'avec sagesse le renard a prononcée : « Il faut être très patient. »

Tu t'es réveillé deux semaines plus tard. Sœur Anne-Marie et moi avions déjà noué des liens avec tes parents. À leur sujet, je dois préciser d'emblée que, quand tu nous bluffais régulièrement par ton courage, je ne pouvais m'empêcher de penser que tu avais de qui tenir !

Tu as dû assimiler tout seul ce que l'accident allait représenter en souffrances et en privations. À sept ans, il faut avancer doucement sur ce chemin-là. Le personnel soignant se refusait à dire « plus jamais ». D'abord, on espère toujours un diagnostic évolutif ; voire un miracle. L'Évangile regorge de scènes où Jésus modifie le destin d'un homme en lui restituant la santé. L'aveugle récupère la vue, la femme courbée se redresse, le paralytique gambade comme un cabri après avoir croisé le chemin du Seigneur. Pourquoi ne se pencherait-Il pas sur mon petit Lucas ?

Allongé dans ton lit, ventilé par trachéotomie, tu es incapable de chasser une mouche qui t'importune si on ne le fait pas pour toi, incapable de t'asseoir si l'on ne te porte pas, incapable d'exécuter des gestes si anodins pour les valides qu'ils ne s'aperçoivent même pas qu'ils les font. Est-ce que nous nous interrogeons sur notre capacité à se mouvoir lorsque nous saisissons une tasse de café, prenons une douche, montons dans un bus ?

Tandis que je reste assis à tes côtés, ta paralysie me renvoie cruellement en écho l'expérience de mes limites et de mon impuissance. Est-ce manquer de foi ? Un passage de la Bible affirme que si celle-ci était seulement de la taille d'un grain de sénevé, la plus petite des semences sur terre, nous pourrions dire à un mûrier : « Déracine-toi et va te planter dans la mer », et l'arbre nous obéirait.

Néanmoins, je suis un prêtre rationaliste et, qui plus est, ancien infirmier anesthésiste. Dieu est impuissant sans la main de l'homme. Une bonne partie des miracles s'accomplissent d'abord au bloc opératoire, lorsque chaque membre de l'équipe s'acquitte de sa tâche avec compétence ! Et puis, être attentif aux autres, cela se traduit par le fait de s'arrêter prudemment au feu rouge au lieu d'accélérer, comme d'être précis dans les gestes qui sauvent. Ce qui facilite grandement les merveilles que le Seigneur souhaite accomplir à travers nous…

Cela n'empêche pas tes parents et moi de comploter pour t'emmener à Lourdes !

Tu t'es réveillé et nous avons commencé à nous apprivoiser.

Ce qui m'a tout de suite frappé chez toi, c'est ton regard, malicieux, pétillant d'intelligence. Il dégageait une lumière qui n'a fait que s'intensifier avec les années.

Graduellement, tu a pris conscience de ton état.

Ton corps est immobile, mais ton cerveau bouillonne.

C'est un silence ému qui devrait remplacer ces lignes. Quand je les écris, pour être sincère, j'ai les larmes aux yeux. Ta bravoure ne me laisse jamais insensible. Tes batailles n'engendrent jamais de pitié chez moi. Au contraire, c'est comme si une bourrasque de vent venait gonfler la voile de ma propre barque. Vas-y, Denis, tu peux le faire ! Lucas a des obstacles bien plus difficiles à surmonter ! Ton passage à Hautepierre m'a marqué et continue à me pousser de l'avant depuis ton départ de l'hôpital.

Tu n'étais pas d'un abord facile tous les jours.

Tu avais parfaitement le droit d'être grognon vu ce que tu endurais.

Tes yeux clairs se rétrécissent quand tu es de mauvaise humeur et là, gare à qui t'ennuie. Il apprend très rapidement qu'il n'est pas le bienvenu ! Tu aimes chanter et ce n'est pas la source d'aspiration qui te relie à l'appareil qui va t'en empêcher. Tu es capable de bourdonner joyeusement. À nous de lire sur tes lèvres les paroles de la chanson.

Tu te souviens de ton premier anniversaire fêté dans le service ? Pour tes huit ans, le règlement avait été assoupli et sept de tes petits camarades étaient venus rejoindre ta famille dans le box.

Les mois qui ont suivi se sont révélés extrêmement difficiles pour tes parents. Ta mamie est morte d'un cancer. Ton papi avait quitté l'hôpital après plusieurs mois de soins. Mais l'autre mal qui le rongeait ne se guérissait pas avec des pilules. Il s'est éteint quatorze mois après l'accident, vidé de ses forces par le chagrin de t'avoir fait involontairement du mal. Et le souci de la petite Chloé, ta sœur, s'est ajouté au tableau. Son handicap moteur cérébral de naissance réclamait une scolarisation dans un établissement spécialisé. Tes parents devaient monter un dossier. Un de plus à ajouter à la pile de tous les papiers administratifs qu'ils devaient remplir pour solliciter une aide.

Ta famille croit en Dieu et n'a pas cessé de croire malgré ce qu'on nomme pudiquement les épreuves. Il n'est pourtant pas rare que j'entende des chrétiens frappés par des drames rejeter ensuite le Seigneur. Mais où est Dieu ? crient-ils avec colère dans leur souffrance. Ta maman ne justifie en rien la série de malheurs qui bouleverse leur vie en imputant à Dieu une volonté mystérieuse sur leur sort.

— Je ne sais pas pourquoi je continue à garder la foi, m'a-t-elle confié récemment. Je n'ai pas de recette ou de vision ! C'est comme ça.

Tu as donc tout naturellement fait ta première communion à l'hôpital. Comme tu n'avais pas le droit de te déplacer sans prendre tout un tas de précautions, c'est nanti d'une véritable escorte que tu es descendu à la chapelle. Avec à sa tête Maria, médecin anesthésiste, avec qui tu avais noué une belle complicité. Nous n'avons jamais manqué de volontaires avec toi. Je ne suis pas le seul à être pris au piège de ton regard lucide et pénétrant.

Tes parents ont fini par déclarer qu'il était grand temps pour toi de rentrer à la maison. Il faut que tu saches qu'il fut hors de question que tu sois placé dans un hôpital périphérique. Cette détermination farouche leur a valu une belle lutte avec le chef de service qui ne les croyait pas prêts à assumer ton handicap à domicile. Tes parents ont fourbi leurs armes. Ils se sont donné les moyens de t'accueillir en toute sécurité. Une infirmière a formé ta maman en lui insufflant la confiance nécessaire pour te soigner. Elle avait peur d'accomplir des mouvements douloureux pour toi.

— Et si je lui fais mal ? s'inquiétait-elle.

— Allez-y, appuyez. Vous serez bientôt plus douée que moi.

Et le 14 septembre 2007, victoire ! Tu es sorti.

Auparavant, le personnel soignant, sœur Anne-Marie et moi t'avions fait une farce. Nous avions écrit nos noms partout sur ton corps en te faisant croire que l'encre était indélébile !

Je passe régulièrement te voir. De nouveau, le Petit Prince formule plus délicatement que moi ce que je souhaite exprimer : « C'est le temps que tu perds pour ta rose qui fait ta rose si importante. » Et je regrette ne pas sauter plus souvent dans ma voiture pour aller te saluer, dévoré par mes activités pastorales.

Ton lit a été installé au rez-de-chaussée de la maison, près des pièces à vivre, afin que la famille puisse être proche de toi le plus souvent possible dans la journée. Ta présence impose une surveillance jour et nuit. Parfois, tu es encombré et tu as besoin de soins immédiats. Quelle que soit l'heure. Ta maman a assuré les six premiers mois, vingt-quatre heures sur vingt-quatre, avant de déléguer sagement une partie du temps à une aide spécialisée. Pendant ce répit, elle va chanter. La chorale est une bouffée de légèreté et l'occasion de redevenir anonyme.

— Avec un enfant lourdement handicapé, m'a-t-elle expliqué, la moindre de tes actions est repérable. Essaie un peu, comme nous l'avons fait dimanche dernier, d'entrer discrètement dans un restaurant en poussant Lucas dans son fauteuil ! Un couple nous a dévisagés pendant tout le repas et c'était insupportable. Que l'on remarque notre arrivée, je l'admets volontiers, mais ensuite, qu'on nous laisse tranquilles !

Il n'y a jamais de violence dans le ton de la voix de ta maman. Juste la profonde détermination qui la caractérise.

— Lucas est réservé et les solutions pour qu'il s'exprime sont très réduites. Une orthophoniste vient le voir pour lui apprendre à prononcer les sons malgré le respirateur. Il se confie rarement à moi sur son état et je suis contente pour cette raison qu'il continue à voir la psychologue. Cependant, j'ai parfois l'impression qu'il accepte mieux que moi l'indiscrétion du regard des autres. Je ne m'y habitue toujours pas.

Derrière ton lit, il y a deux photos. L'une a été prise peu de temps avant l'accident. Debout, gai, souriant. Mon regard s'y attarde et je ne peux m'empêcher de me dire qu'à quelques petites minutes près, Lucas, aujourd'hui, serait un gamin valide, capable d'envoyer son ballon de foot dans la cage du goal, de rouler à bicyclette. Tes parents surprennent mon petit coup d'œil et semblent lire dans mes pensées.

— Denis, si nous nous laissons assaillir par les questions, nous sommes fichus. On a fait le choix d'avancer, pas d'y trouver un sens.

Cette réponse est, selon moi, merveilleuse. Parce que la souffrance n'a pas de sens. Il faut combattre autant celle qui blesse physiquement que celle qui blesse moralement. Néanmoins, dans ce qui déshumanise, détruit, essayer de vivre en communion avec le Seigneur est une attitude qui me touche profondément.

L'autre photo représente un hélicoptère, le jumeau de celui qui t'a déposé un jour de décembre à l'hôpital.

Ton rêve serait d'y monter et de faire un petit tour dans les airs. Jusqu'à présent, grâce à la complicité du personnel soignant, tu n'as eu que l'autorisation de t'en approcher et un beau diplôme pour t'en souvenir. Pour aller plus loin, il faudrait franchir le barrage des nombreuses autorisations à obtenir. Qui sait, un gradé de la Sécurité civile va peut-être lire ces lignes et faciliter notre projet de t'emmener un jour voler très haut ?

Te reprendre chez toi entraîne pour ta famille des frais qui ne sont pas tous couverts par la Sécurité sociale. Nous intervenons pour alléger ces dépenses par le biais de notre association Semeurs d'étoiles. En 1993, lorsque sœur Anne-Marie Mura et moi l'avons créée, elle portait un autre nom : Les Amis de l'aumônerie. Le but immédiat était d'offrir aux personnes démunies l'amélioration de leurs conditions de séjour pendant leur hospitalisation. Nous n'avons malheureusement pas chômé. Nous étions en pleine épidémie de sida et les services étaient pleins de jeunes malades, souvent rejetés par leur famille et sans moyens.

L'association continue à aider dans l'urgence des personnes se trouvant en extrême précarité. Toutefois, avec les années, son horizon s'est élargi, notamment, et peut-être même plus particulièrement, aux enfants et à leurs proches qui se trouvent dans des situations humainement et socialement difficiles.

À nouvel élan, nouveau nom ! Tu conviendras sans peine avec moi que Semeurs d'étoiles est bien plus poétique !

C'est également le titre que j'avais donné à une homélie télévisée en décembre de l'année dernière. Je voulais offrir trois étoiles pour accompagner les chrétiens durant les semaines qui précédaient la fête de la Nativité. Des étoiles qui ne se vendent pas sur nos marchés de Noël alsaciens, pourtant magnifiques.

Ce que j'avais prêché ce jour-là est aussi un bon résumé de ce que sont les étoiles que l'association cherche à semer…

La première étoile s'appelle « espérance ». Une étoile si délicate et discrète qu'elle se remarque à peine dans la grisaille quotidienne. Les chrétiens que nous sommes se doivent d'être des porteurs d'espérance, au milieu de nos contemporains. Nous n'avons pas à aller très loin pour croiser des visages en détresse, nous n'avons pas toujours à cultiver des actions d'éclat pour enrayer la spirale de la désespérance.

La deuxième étoile, je l'ai baptisée « vigilance ». Une étoile curieuse, qui n'est pas à confondre avec notre besoin de sécurité en tout genre. Le chrétien est celui qui veille aux besoins de notre monde. Il est celui qui intervient pour ses frères avant qu'il ne soit trop tard. L'Évangile nous demande de tirer la sonnette d'alarme, lorsque les libertés fondamentales de l'homme sont menacées, lorsque la dignité de l'être humain est remise en cause. N'est-ce pas souvent le cas de celui qu'une hospitalisation marginalise, au point que l'on oublie l'homme pour ne garder qu'un numéro de dossier ?

La troisième étoile, je lui ai donné le nom de « persévérance ». Elle pétille d'immortalité, mais elle est aussi capable de s'éteindre, en fonction de l'amour qui lui est donné. La foi en Christ, qui fut fait homme la nuit de Noël, conduit le chrétien à s'engager dans une existence évangélique qui n'est ni confortable ni tranquillisante. À travers son humanité, Jésus nous invite à ouvrir les yeux sur tout un monde qui n'a pas assez de beauté ni d'éclat pour attirer le regard : celui de tous les laissés-pour-compte de notre société. Il ne s'agit pas seulement de poser des actes de générosité pour eux en ce temps propice au partage, mais aussi de les accompagner tout au long de l'année nouvelle, sans nous décourager et sans nous laisser entraîner dans les ténèbres de l'épuisement et de la lassitude.

Je revendique les actions de l'association Semeurs d'étoiles comme faisant partie intégrante de mon travail de prêtre et d'aumônier d'hôpital. Le malade, avec sa dépendance créée par l'hospitalisation et les soins, fait partie des pauvres d'aujourd'hui. Je considère de mon devoir de l'aider, y compris financièrement. Quelquefois, j'entends susurrer à mes oreilles que je confonds mon activité pastorale à l'hôpital avec le métier d'assistant social. Je m'insurge. Et tu me connais, Lucas, lorsque je ne suis pas d'accord, je défends bec et ongles ce qui me tient à cœur. Je suis en ébullition, je m'agite et je clame haut et fort mon mécontentement ! Que ceux qui voudraient que mon zèle se limite à faire la tournée des chambres à l'hôpital le sachent : être sur le pont du paquebot de Hautepierre, c'est forcément investir de mon temps, avec tous les apports matériels qui peuvent soulager la détresse d'un malade ou de sa famille.

N'oublions pas que Jésus s'intéresse profondément à l'homme, au point d'intervenir dans un repas de noce. Oserions-nous dire que le Seigneur était en train de perdre son temps à tirer d'embarras de jeunes mariés qui n'ont plus de vin pour régaler leurs invités ? Il n'a pas dit à la mère : « Qu'ils boivent de l'eau, c'est aussi bien. » Le Seigneur comprend le désarroi dans lequel les plonge ce vin qui vient à manquer. Si Jésus se préoccupe des conditions matérielles de ses amis, moi qui lui ai donné ma vie, je peux bien l'imiter, non ?

Parfois, pour moi aussi, la coupe déborde. Pour puiser au fond de moi l'impulsion nécessaire pour dépasser la plainte et agir, je pense à toi.

Ça t'épate, hein, bonhomme, que le petit Lucas, cloué sur son lit entre ses quatre murs, soit capable de me motiver aussi profondément !

En vertu de ton courage extraordinaire et de celui de tous les enfants à ton image, de votre capacité à faire exister votre vie alors qu'*a priori*, on a tout perdu, j'avance. Tu allumes l'étincelle qui me fait défaut pour remettre le moteur en marche.

Pas plus tard qu'hier soir, tu as eu une influence sur mon comportement. Tu connais mon emploi du temps et malheureusement, il ne me laisse pas beaucoup de possibilités pour pratiquer un sport. Alors, depuis des années, avant de quitter l'hôpital en fin de journée, quelle que soit l'heure, j'ai pris l'habitude de grimper les douze étages du bâtiment à toute vitesse. Deux fois.

Une infirmière m'a croisé dans l'escalier un soir, tandis que j'achevais mon galop en soufflant.

— Si tu manques à l'appel demain, je saurai où te chercher, a-t-elle plaisanté. Tu seras étalé sur les marches, victime d'un infarctus !

Certains soirs, comme hier précisément, mon rituel m'ennuie. La journée avait été longue et difficile. Je n'avais qu'un désir : rentrer dans ma communauté pour me reposer. Seulement voilà : céder à la tentation d'oublier juste une fois ma petite grimpette sportive ouvrirait la porte à mille autres excuses pour me dispenser à l'avenir de cet exercice.

Ton portrait, mon petit Lucas, s'est imposé dans ma tête ; avec ta ténacité à gérer un univers que ton accident a, sans crier gare, rétréci à quelques mètres carrés. « Lucas, s'il pouvait se servir de ses jambes, ne râlerait pas. Il le ferait avec joie », ai-je pensé.

Et je suis allé grimper mes douze étages deux fois.

J'ai choisi volontairement d'évoquer ce petit geste du quotidien plutôt qu'une situation à caractère exceptionnel. Parce que la vie est remplie de ces détails insignifiants qui nous font avancer tous les jours. Négliger ce potentiel qui est le mien serait te faire injure.

En racontant notre histoire, Lucas, j'aimerais bien transmettre ce message à nos jeunes qui bâillent d'ennui devant un effort. Je ne veux pas les faire s'apitoyer sur ton sort ou les culpabiliser. Je souhaite pointer du doigt une vérité essentielle. Tous, autant que nous sommes, possédons un potentiel physique et mental. Des jambes pour marcher, une tête pour penser. À notre mesure. Nous pourrions en être privés en quelques secondes, comme toi, par un stupide accident de la route. Personne n'est à l'abri d'un tel coup du sort. Alors, utilisons ce potentiel ! Ne le laissons pas en jachère ! Et allons plus loin : que faisons-nous pour nos frères dont le potentiel est affaibli ? Les possibilités de t'aider, Lucas, sont parfois très simples. Je voudrais qu'à ce sujet, le lecteur se souvienne de la phrase de ta maman qui souhaitait que le regard de l'autre ne transforme pas ton handicap en monstruosité.

Tu t'imagines peut-être que l'impact que tu as sur moi tient à la durée de notre relation ? Ce serait ignorer, Lucas, la flamme qui brille dans tes yeux. Te souviens-tu de cette journaliste qui m'accompagnait lors d'une visite à ton domicile ? Nous ne sommes restés qu'une petite demi-heure, à bavarder en ta compagnie et celle de tes parents. La dernière fois qu'elle m'a téléphoné, elle m'a demandé de tes nouvelles. Écoute ce qu'elle m'a confié :

— Tu sais, Denis, je pense souvent à Lucas depuis notre rencontre. Peut-être vas-tu juger ma réflexion idiote, mais c'est incroyable ce que je réussis à accomplir tout bonnement en me souvenant de lui, de l'intelligence de son regard.

J'ai pris le ton innocent de celui qui est franchement surpris !

— Ah bon ?

— Le quotidien est rempli d'actions rébarbatives et obligatoires. Je les trouve plus légères à exécuter en me rappelant que Lucas, lui, serait content d'aller remplir son Caddie au supermarché, de trier les papiers administratifs d'un métier qu'il s'est choisi, d'aller nager quand il fait froid. J'ai la chance de pouvoir le faire. J'ai ce choix. Je n'ose plus gâcher cette capacité par paresse ou en ronchonnant.

Tu te rends compte, Lucas, de ce que tu as réussi à insuffler dans le cœur de cette personne en une petite demi-heure ?

Finalement, le semeur d'étoiles n'est peut-être pas celui qu'on croit…

4

Un bréviaire aux mille visages

Lors des laudes, l'office de l'aurore, nous accueillons le jour au sein de ma communauté en chantant. J'ouvre mon bréviaire avec délicatesse. Les coutures craquent, gonflées par les photos que j'y ai glissées. Ce livre au nom particulier contient la liturgie des heures : les psaumes, les hymnes, les lectures qui rythment notre prière de religieux. Malgré mes précautions, il y a toujours une photo qui vole à terre. Le temps que je la ramasse, mes frères ont commencé la psalmodie, tandis que le souvenir de ce jeune qui sourit sur le cliché me transporte dans le passé.

C'est Laurent. Un garçon original et cultivé de vingt-six ans, mort avant son vingt-septième anniversaire.

Il a été parmi mes premiers malades atteints du sida. Je venais à peine de prendre mes fonctions en tant qu'aumônier, à l'automne 1989, et voilà que j'étais confronté de plein fouet à une maladie étrange, dont le corps médical ne savait pratiquement rien, conduisant le patient à une mort certaine.

Le sida a été une école de vie pour la pratique de mon activité pastorale en hôpital. Laurent a été un de mes maîtres.

Ce jeune sidéen avait été admis depuis plusieurs semaines lorsque l'infirmière me prend à part. Elle hésite sur le choix des mots à employer.

— J'ai un souci avec ce patient. Un de ses amis refuse de s'en aller. Le disque démarre dans quelques minutes. Tu as un bon contact avec lui. Rends-moi un service : va-leur expliquer que c'est impossible.

Hélène, prise au piège du règlement, cherche à m'apprendre que le compagnon de Laurent, qui est homosexuel, désire prolonger sa visite au-delà des horaires prévus. À vingt heures trente précises, un enregistrement retentit dans les couloirs de Hautepierre, ordonnant aux visiteurs de quitter l'établissement.

Je passe la tête par l'entrebâillement de la porte.

— Je peux ?

Laurent et son compagnon m'accueillent avec un sourire goguenard. Ils ont compris la raison de mon apparition et m'attendent de pied ferme.

— Paul ne partira pas, déclare posément Laurent, décidé à ne lâcher prise sous aucun prétexte. Il ne peut pas arriver à l'hôpital plus tôt et vos horaires stupides nous empêchent de nous voir.

À ce moment-là, un de leurs amis arrive, essoufflé.

— Ouf ! fait-il en se laissant tomber sur une chaise. J'ai cru que je n'arriverais pas avant que le gardien verrouille l'hôpital.

Laurent a été parmi les premiers à protester contre le règlement de l'établissement, bouleversant les habitudes établies.

— Nous ne sommes pas des numéros, Denis. Regarde comment tu es habillé. Si tu ne t'étais pas présenté en entrant dans ma chambre la première fois, comment aurais-je pu faire la différence entre l'aumônier, l'infirmier ou l'aide-soignant ? Qui suis-je pour ne pas être traité comme un être humain ? Parce que je suis malade, je deviens un paquet de chair sans âme ?

À l'époque, nous ne portions pas de badge. Rien ne distinguait les employés entre eux pour indiquer les fonctions assumées au sein de l'hôpital. Le patient subissait les règles et la toute-puissance du personnel soignant.

Malgré la faiblesse de son corps rongé par la maladie, Laurent dégage une détermination sans faille. C'est un garçon brillant, lucide sur son cas, qui n'hésite pas à contredire le médecin lors de ses tournées.

— Je parle l'anglais couramment. J'ai lu des rapports médicaux en provenance des États-Unis bien avant qu'ils ne soient traduits et j'en sais parfois plus sur le sida que les toubibs de l'hôpital. Je vais mourir, Denis. Et toi, tu viens me parler d'horaires de visite ! Si tu crois que j'ai du temps à perdre avec des règlements !

Les premiers malades appartenaient à une population homosexuelle masculine. Puis les cas de contamination par voie intraveineuse sont apparus suite à l'usage de la drogue, ainsi que ceux qui sont liés à une transfusion sanguine. Enfin, le nombre de femmes et de leurs enfants infectés par le virus VIH a augmenté substantiellement. Une des caractéristiques majeures du sida était de frapper des personnes jeunes. Un seul Laurent n'aurait pas suffi pour ouvrir une brèche dans le pouvoir médical et administratif. Mais brusquement, des malades de moins de trente ans affluaient en grand nombre dans les services de l'hôpital. Avant d'être touchés par le sida, ils occupaient souvent des postes à responsabilités, suivaient de longues études et surtout s'informaient, anxieux de comprendre le mal qui les détruisait. Ces jeunes sidéens savaient que la mort frappait à leur porte et n'avaient aucune intention de se laisser voler leurs derniers instants.

Le pouvoir du corps médical a commencé à vaciller. Assez rapidement, étant donné l'ampleur que prenait l'épidémie, une nouvelle politique d'accueil a été mise en place. Les sidéens ont imposé une autre façon de se comporter avec le patient. Et je ne crains pas d'affirmer qu'ils ont modelé ma propre attitude dans le rapport que j'entretiens aujourd'hui avec les malades. J'ai tout appris à leur contact.

Patrick, la première fois que je suis entré dans sa chambre, m'a rejeté violemment.

— V'là le curé. Manquait plus que ça !

Pourtant, j'ai senti immédiatement dans sa voix que cette agressivité traduisait moins son anticléricalisme que sa peur d'être jugé. Les malades atteints du sida étaient montrés du doigt comme les pestiférés au Moyen Âge. On lisait dans les journaux des prises de position radicales qui les stigmatisaient. Le sida était comparé à un nouveau fléau envoyé par Dieu pour les punir de leurs péchés et les ramener à Lui. Bien sûr, le péché, en l'occurrence, c'était l'attirance homosexuelle. Et lorsque la contamination s'est étendue à d'autres catégories de personnes, beaucoup de bien-pensants n'hésitèrent pas à classer les malades en « bons » ou « mauvais » sidéens. Les uns, comme les hémophiles ou les enfants, innocentes victimes, recevaient compassion de leur part, tandis que les autres n'avaient selon eux « que ce qu'ils méritaient ». À ceux-là, j'aimerais citer ce verset de l'Évangile qui m'a guidé plus particulièrement pendant ces années meurtrières : « Soyez miséricordieux comme votre Père est miséricordieux : ne vous posez pas en juges et vous ne serez pas jugés, ne condamnez pas et vous ne serez pas condamnés. » Je dois d'ailleurs signaler que cette différenciation n'a jamais eu cours à l'hôpital. Le personnel soignant traitait tous les cas de la même façon, et les jugements fort peu évangéliques qui s'entendaient à l'extérieur n'influençaient pas l'attitude des infirmiers.

Petit à petit, j'ai noué des liens avec Patrick – la patience du renard, selon Saint-Exupéry. Il me testait souvent pour vérifier qu'il pouvait se confier à moi sans crainte d'être critiqué pour son homosexualité et de la « punition » supposée qui en résultait avec le sida. Avec le recul, je souris en resituant dans ce contexte l'histoire des petits fours. J'enseignais encore à l'école d'infirmiers anesthésistes et mes fiches ne contenaient aucun cours sur le VIH. Je me formais sur le tas, à l'instar des médecins. Les modes de transmission de la contamination étaient tout de même identifiés. Entre la théorie et la pratique, il y a un pas que Patrick m'a fait franchir. Un de ses copains lui avait apporté une boîte de macarons. Il la tenait sur ses genoux, entamée, lorsque je suis entré pour lui faire une petite visite.

— Denis, tu tombes à pic, me dit-il, la bouche pleine. Ils sont délicieux. Tu en veux un ?

Patrick avait été admis au service de pneumologie. Très souvent les sidéens développaient une pneumocystose. Ils toussaient, avaient une forte fièvre qui les conduisait à consulter. Le diagnostic du sida s'établissait à ce moment-là, lorsqu'une des maladies opportunistes faisait basculer le malade de l'état de séropositif à celui de sidéen. De 1981 à 1996, le pronostic était simple : la mort à plus ou moins brève échéance. Un à deux ans. Dans une agonie atroce.

Patrick, le visage terreux, très amaigri, me tend sa boîte. Je tergiverse. Beaucoup de flou entoure cette maladie et, inconsciemment, j'associe l'idée que manger le gâteau offert par un sidéen, c'est avaler le sida tout court ! En une fraction de seconde, je perçois l'attente inquiète de Patrick. Ce ne sont plus des paroles qu'il souhaite échanger avec Denis tranquillement assis sur une chaise, éloigné de son lit comme si cet espace devenait un cordon sanitaire. Il désire le geste fraternel de partage qui lui prouvera que je suis à sa rencontre.

— Je prends le violet.

— Parfum cassis. Ils sont bons.

Banalité des mots, qui cache difficilement le plaisir d'avoir fissuré le mur invisible séparant le sidéen des bien portants. En quittant sa chambre ce jour-là, je pose ma main sur son poignet pour le saluer. À la différence de l'infirmière, ce contact n'a pas le soin pour objet. Il rencontre l'autre dans son humanité. Je n'hésite plus jamais, après m'être assuré que le toucher ne heurtera pas l'intimité du malade, à caresser la main ou le front. Un geste remplace souvent un mot et donne chair aux paroles de tendresse.

Patrick et moi avons discuté longuement de l'amour. Une fois qu'il a été acquis que je n'intervenais pas pour le piéger dans un carcan moralisateur, il m'a avoué ses questionnements :

— Il a fallu que j'attrape cette cochonnerie pour vraiment comprendre ce qu'aimer veut dire. J'ai peut-être aimé, mais j'ai peut-être mal aimé.

Les conceptions qui régissent nos rapports éclatent quand l'amour rencontre la mort, par l'intermédiaire du sida, et conduisent à s'interroger. Est-ce que l'amour, c'est collectionner les aventures, multiplier les partenaires ? Ou l'amour réclame-t-il une plus grande exigence ? Mai 68 avait ouvert le champ à l'exploration du plaisir et du bonheur, et voilà qu'une limite imprévue venait bouleverser la nouvelle donne.

Patrick est mort quelques jours plus tard. Le deuxième décès du mois. C'était devenu notre triste moyenne. Bien sûr, notre hôpital a l'habitude de compter plusieurs décès par jour, entre deux ou trois patients, tous services confondus. Mais ces sidéens, jeunes, promis à la mort en quelques mois, nous n'en avions pas l'habitude.

J'ai présidé aux obsèques de Patrick. Nous avons écouté du Pink Floyd, la musique souhaitée par ce garçon pour animer ses funérailles. Parmi ses amis rassemblés autour du cercueil, je reconnaissais des visages, entrevus en hôpital de jour. Ils restaient plusieurs heures pour recevoir un traitement intraveineux régulier ou des aérosols. L'un deux a croisé mon regard. L'angoisse se lisait dans ses yeux : « Suis-je le prochain ? »

À mon retour à Hautepierre, je passe saluer les infirmières qui viennent de prendre leur tour de garde. Elles me proposent un café.

— Tu es pâlot, Denis. Tu devrais aller dormir.

Jamais l'expression « c'est l'hôpital qui se moque de la charité » n'a autant pris son sens !

Le personnel soignant est logé à la même enseigne que moi : déstabilisé par la maladie et sur le pont vingt-quatre heures sur vingt-quatre. En toute discrétion, plus d'un prolonge ses horaires ou rogne sur ses vacances pour soutenir la bonne marche du service, débordé par l'épidémie. C'est au cours de ces circonstances que j'ai pleinement saisi la force du travail d'équipe autour du malade. L'aide-soignante, l'aumônier, le psychologue, l'infirmière, l'assistante sociale, etc. Tous les acteurs tiennent une place importante dans le passage que traverse le malade à l'hôpital.

L'infirmière m'attrape le bras pour m'obliger à me lever.

— Allez, je t'ouvre une cellule et tu vas aller faire un somme.

Le dernier étage au-dessus de la chapelle était réservé à une catégorie spéciale de patients : les détenus que le centre pénitentiaire n'était pas en mesure de soigner. Ces chambres étaient dans un sens une succursale de la prison ! Au début des années 1990, des prisons-hôpitaux se construisaient, libérant des cellules de notre étage qui, du coup, hébergeait beaucoup moins de patients qu'auparavant. Ce service est aujourd'hui totalement supprimé.

Je me suis écroulé sur le lit de l'une de ces cellules. La fatigue prenait le dessus. Le lendemain, la journée ne semblait pas se terminer et, tard dans la soirée, j'ai imploré l'infirmière de me mettre en cellule encore une fois.

Quinze jours plus tard, je n'étais toujours pas rentré dans ma communauté. Trop accaparé par le besoin que les malades avaient d'être accompagnés et l'urgence dans laquelle il fallait travailler, j'avais fini par élire domicile à l'étage des prisonniers.

C'est durant cette période, où je vivais en permanence à l'hôpital, que Joël a été admis dans le service de pneumologie. Malgré les traces déjà visibles de la maladie, on sentait chez lui l'assurance des personnes dont la confiance repose sur la certitude d'être doté d'un physique très avantageux. Dominique, son compagnon, venait tous les jours.

L'état de Joël s'est très rapidement détérioré. Dans le cas du sida, ce n'est pas un vain mot. La maladie s'affiche au grand jour. Elle s'empare du corps et le terrasse violemment. Joël maigrissait, le visage perdait la fraîcheur de ses vingt ans. Les maladies opportunistes portaient des coups fatals à sa beauté. Il souffrait de diarrhées profuses et ses couches devaient être changées en permanence. Joël n'endurait pas seulement les douleurs provoquées par la maladie : le sida lui ôtait sa force de séduction.

Pourtant, Dominique, son compagnon, le regardait avec des yeux différents. Il continuait à voir le garçon qu'il aimait. Il proposait son aide au personnel soignant et n'a jamais été rebuté par une seule des tâches nécessaires, y compris aider à nettoyer son ami qui baignait dans ses diarrhées.

— Tu ne vas pas faire ça, protestait Joël, honteux de ce corps qui pourrissait et se dérobait à sa volonté.

Dominique s'asseyait à ses côtés, lui prenait la main pour le calmer et disait doucement :

— Ce n'est pas grave. Je suis là. Ne t'inquiète pas.

Je reste marqué par ce jeune couple d'homosexuels et par l'amour qui existait entre eux. Ils en découvraient toute la dimension. En s'enfonçant dans l'horreur de la maladie, ils nous montraient jusqu'où pouvait aller leur amour.

En tant qu'aumônier, je peux citer des témoignages superbes d'espérance et d'amour jusqu'au dernier souffle parmi les hétérosexuels. Mais je mentirais si je n'avouais pas en avoir aussi constaté parmi les homosexuels. Cela ne veut pas dire que j'encourage ou que je défends la pratique homosexuelle. En revanche, mon expérience m'a rendu foncièrement humble sur le sujet. J'ai la mémoire de cette période très difficile où j'ai été le témoin d'attitudes évangéliques merveilleuses qu'il est hors de question de nier au nom d'une quelconque morale. C'est pourquoi je me garderais bien, après ce qu'ont vu mes yeux de prêtre, pendant les dix années où le sida a fait des ravages, de porter un jugement péremptoire sur l'homosexualité.

Le sida détruisait leurs corps, mais pas leurs cœurs : à leur chevet, j'ai constaté leur capacité à pardonner à celui qui les avait contaminés et donc condamnés à mort.

Patricia était arrivée remplie de haine pour son mari, au point de refuser toutes ses visites lorsqu'il en était encore capable, étant lui-même atteint du sida.

— J'ai été une épouse modèle. Je me suis mariée à l'église, jurant fidélité à mon mari, et jamais je n'ai transgressé ce serment. J'ai mis tout mon amour dans notre relation. Et lui, qu'en a-t-il fait ? Il m'a trahie ! Et je meurs par sa faute. Et mon enfant, que va-t-il devenir, orphelin ? Y a-t-il seulement réfléchi ?

J'avais moi-même du mal à ne pas juger les actes de son conjoint, à ne pas la rejoindre dans son cri contre l'injustice profonde de la situation. Il me fallait accueillir sa colère, la respecter sans me laisser happer. Ce chemin, nous l'avons parcouru à deux. Patricia m'a évangélisé, en m'obligeant à résister à la tentation du jugement péremptoire. Il aurait été si confortable de réserver ma compassion pour cette jeune femme et de mépriser son conjoint. De son côté, Patricia s'ouvrait très lentement au pardon. Elle gravissait une pente intérieure qui la menait à se délester de sa haine. Elle a pu prononcer ces paroles extraordinaires un mois avant d'être définitivement emportée par la maladie : « Je lui pardonne. » Son corps était sans force, dévoré par le sida. On ne ment pas dans ces conditions et le sidéen n'accorde pas son pardon dans une impulsion de générosité qu'il regrettera le jour suivant. Sa phrase m'a bouleversé avec la force d'un coup violent au plexus, me coupant le souffle. Patricia m'offrait une magnifique et poignante leçon, en vivant pleinement la parole de l'Évangile.

Mon bréviaire est nourri des images de ces jeunes que j'ai accompagnés jusqu'au tombeau. Aujourd'hui encore, je me rends sur leurs tombes pour les saluer. Ils ont été les formateurs de mon activité pastorale.

Lorsque, à mon tour, j'ai dû créer une équipe de bénévoles pour visiter les malades, je me suis appuyé sur l'enseignement né de ces rencontres. En souvenir de ces jeunes, je refuse les plaisanteries sur l'homosexualité. Elles me chagrinent et salissent leur mémoire. J'ai vécu des drames et des joies auprès de ces garçons emportés par le sida. Je suis le témoin des pardons donnés, de réconciliations inespérées au sein des familles.

J'aurais souhaité que l'Église intervienne plus tôt dans ses prises de position sur le sida. Il est vrai qu'en janvier 1989, la Commission des évêques avait publié un texte qui tenait davantage du communiqué et qui en appelait, dès l'introduction, à la responsabilité personnelle et au soutien auprès des frères malades :

> « Le sida représente pour la santé publique une grave menace, en France comme en d'autres pays. Une telle épidémie suscite des réactions de peur et de rejet. Nous invitons les catholiques à garder ou à retrouver le sens de la solidarité et de la responsabilité personnelle. »

Mais il fallut attendre 1996 et la publication du livre *Sida, la société en question* par la Commission sociale des évêques de France, qui reconnaît la nécessité de l'usage du préservatif pour se protéger du virus.

Avec le recul, je considère cette prise de position trop tardive. Les premières déclarations maladroites de la hiérarchie catholique confortaient le public et les médias dans l'idée que l'Église était dépassée. Or, l'Église a l'expérience du frère souffrant et pouvait apporter bien plus à notre société confrontée à cette épidémie qu'une vision moraliste de la sexualité.

Dans le même temps, l'introduction de la trithérapie modifiait nos acquis sur le sida. Les patients ne mouraient plus. Une constante de l'accompagnement des sidéens était l'imminence de la mort. Elle nous interdisait de tricher, de nous en sortir par une fausse parole réconfortante : « Vous verrez, ça ira mieux demain », ou : « Nous allons essayer un autre traitement. »

Je me souviens de Claire, une toxicomane qui avait été contaminée par une seringue infectée. Les drogués se les partageaient souvent, propageant ainsi le virus. Elle était désagréable, rudoyait le personnel et mettait parfois nos nerfs à rude épreuve. Claire avait fugué de son domicile, suivant son petit ami, toxicomane lui-même. Elle s'était enfoncée dans une marginalisation qui n'avait fait qu'empirer avec les années. Quand son état lui permettait de se lever, elle n'avait qu'une obsession : sortir du bâtiment à la recherche des dealers qui traînaient dans le parking de l'établissement. Aussi surprenant que cela puisse paraître, ces charognards rôdaient à Hautepierre, désireux de ne pas perdre leur clientèle. Je l'ai surprise un jour alors qu'elle rentrait d'une de ses escapades.

— Évite le cours de morale, me dit-elle brutalement avant même que j'aie le temps d'ouvrir la bouche. De toute façon, cette drogue-là calme mieux mes douleurs que les saloperies inutiles des infirmières.

En cela, elle n'avait peut-être pas tort. Les années dites sida ont coïncidé avec une véritable évolution de la prise en charge du malade, dans sa globalité. La douleur est à présent combattue au même titre que la maladie. Cependant, à l'époque de Claire, nous n'en étions qu'aux prémices et le corps médical s'interrogeait encore sur le bien-fondé d'administrer de la morphine aux patients pour les soulager.

— De toute façon, qu'est-ce que ça peut faire ? Je vais mourir, non ?

Elle me lance cette phrase d'un ton désinvolte, comme si sa mort lui importait peu. Néanmoins, elle prend soin de détourner son regard. L'appel à l'aide est bien là. Je me promets intérieurement d'être plus particulièrement à l'écoute de cette très jeune femme.

Un soir, je l'entends m'appeler lorsque je passe devant sa chambre.

— Denis, viens !

Je m'assois près d'elle. Seule la lampe du cabinet de toilette est allumée. Elle diffuse une faible lumière dans la pièce par la porte entrouverte.

— Reste un peu avec moi. J'ai peur.

Les larmes coulent doucement sur ses joues, comme si elle était étonnée de savoir encore pleurer. Son visage rajeunit. Elle a l'air d'une petite fille.

— Je suis trop jeune. Je n'ai rien fait de ma vie et je dois partir.

Brusquement elle saisit ma main.

— Ne me laisse pas mourir seule. Promets-le-moi, Denis, jure-le !

La solitude de Claire s'est accentuée dans les derniers mois. Son compagnon toxicomane qui lui rendait visite au début de son hospitalisation a disparu. Elle n'a pas d'amis et refuse catégoriquement que je prévienne sa famille.

— Ils ne se déplaceraient pas, de toute manière, rétorque-t-elle chaque fois que je tente de la convaincre de leur téléphoner. Ils sont morts de honte d'avoir une fille droguée et atteinte du sida !

Je lui promets d'être là. Ce genre d'engagement vous place directement en face de vos responsabilités. Interdiction de se défiler. On ne joue plus. C'est d'un voyage sans retour qu'il s'agit.

Claire est morte et j'étais là. Un jeune qui décède dans vos bras estampille votre mémoire d'un sceau indélébile. Il imprime son souvenir dans la façon dont vous abordez l'accompagnement du malade de la chambre d'à côté. Pour des années…

Nous avons rarement parlé de Dieu lors de nos conversations, comme souvent avec les jeunes sidéens. Accompagner, ce n'est jamais précéder l'autre. Je n'ai aucune idée de la voie que va suivre le mourant. Je vais seulement faire une partie du chemin en sa compagnie et prendre la place qu'il souhaitera m'accorder.

C'est ainsi que j'avais accompagné Pierre. Nous avions échangé pendant des heures lorsqu'il venait à l'hôpital pour des soins. Lentement, il acceptait l'idée que sa vie touchait à sa fin à brève échéance. Et puis, il a bénéficié d'une avancée scientifique considérable : la trithérapie. Lorsque j'écrivais plus haut que les malades ne mouraient plus, c'est très réducteur. Mais j'ai usé volontairement de cette image pour signifier l'incroyable rupture entre ces années où l'épidémie ravageait une génération et celles qui ont suivi. Les traitements de plus en plus efficaces ne guérissent toujours pas du sida, mais permettent d'allonger l'espérance de vie et de procurer de meilleures conditions de vie qu'auparavant. Survivre avec le virus devenait enfin possible et ralentissait l'hécatombe de manière spectaculaire.

Pierre est devant moi, aussi déboussolé que quelques années plus tôt lorsqu'il avait dû faire l'apprentissage d'une mort proche et certaine.

— Je dois réapprendre à vivre, m'explique-t-il. Comment faire ? J'ai vu mourir tous mes amis. Je me suis préparé à partir les rejoindre et regarde-moi ! Je ne meurs toujours pas !

Pierre, comme d'autres, a dû mener un singulier travail sur lui-même pour faire le deuil… de son deuil. Il souhaitait que je l'accompagne à ce retour à la vie, chargé de nouvelles questions.

— Je ne suis pas guéri, mais mon espérance de vie est prolongée. Il faut que je réintègre le quotidien. Comment retrouver du travail ? Comment annoncer à ce nouveau patron que son employé devra s'absenter régulièrement pour des traitements ? Voudra-t-il embaucher un homme dont l'avenir est aussi incertain ?

Pierre risque de basculer dans une précarité sociale et un isolement dramatique. De nos jours, cette menace d'exclusion favorise la propagation du virus parmi la population déjà en situation de détresse. Le professeur Jean-Marie Lang a créé l'Association sociale Alsace VIH afin d'aider les exclus à survivre en attendant les droits d'accès aux soins, parfois longs à être obtenus. Elle a pour vocation de faire des dons, mais également des prêts, sans intérêts évidemment, et les trois quarts de ces derniers sont remboursés quand les droits sont acquis. Je donne ici la parole directement au professeur Lang en tant que président de la Coordination régionale de lutte contre le VIH (Corevih Alsace), qui expose les nouvelles difficultés auxquelles se heurte la société dans son combat contre le sida aujourd'hui.

> « La grande précarité sociale est une non-assistance à personne en danger quand elle affecte des

personnes atteintes d'une maladie mortelle et, en ce qui nous concerne, de surcroît transmissible, voire contagieuse, quand il existe en plus une tuberculose. La précarité favorise la dissémination des agents infectieux. Dans ces conditions, il existe un risque énorme de mauvaise observance des traitements lourds qu'impose le sida. C'est pourquoi permettre l'insertion des exclus est le premier acte thérapeutique pour les personnes atteintes et le premier moyen de lutter contre les épidémies. »

Selon les chiffres de l'année 2008, cent quarante-quatre mille personnes vivent en France avec le VIH et sept mille contaminations nouvelles auraient été constatées.

Vingt et une années se sont écoulées depuis ce jour d'automne de 1989 où j'ai rencontré pour la première fois un malade atteint du sida. Un gosse de vingt ans auquel il m'a fallu annoncer qu'il allait mourir. C'est le rôle généralement dévolu au médecin. Mais ce dernier, en toute humilité, avait réclamé mon aide.

— Tu comprends, il a l'âge de mon fils, m'avait-il dit. Et il ne se doute de rien.

Aujourd'hui, je n'ai plus ce type de contact avec les sidéens. La prise en charge de cette maladie a été transférée au nouvel hôpital civil de Strasbourg. Mon lien perdure à travers les actions que l'association Semeurs d'étoiles peut mener selon les demandes émanant de l'Association sociale Alsace VIH. Cependant, je reçois encore personnellement à l'aumônerie des visites de malades, hommes ou femmes, dont la vie se prolonge avec la trithérapie. Ils viennent me trouver régulièrement avec une question lancinante sur l'amour.

— Je continue à vivre maintenant, m'explique Sébastien, mais comment aimer ?

J'ai présidé les obsèques de son compagnon il y a plusieurs années. Nous nous étions revus pour le traitement auquel il devait se soumettre, puis je l'avais perdu de vue.

— Depuis la mort de Jean, avec ma maladie, je m'étais renfermé sur moi-même. Et puis récemment, j'ai rencontré quelqu'un. Je me suis remis à espérer, à avoir envie de partager toutes les choses du quotidien avec lui. Seulement, c'est là.

Il a le geste spontané de se toucher, indiquant que, tapi au fond de son corps, l'attendent le virus et ses conséquences mortelles pour lui comme pour la personne qu'il peut contaminer.

— Si je le lui dis, il va partir. Je suis condamné à la solitude. Qu'est-ce qui donne un sens à ma vie si l'amour m'est interdit ?

Je ne peux que partager avec lui ses doutes, l'assurer qu'il peut trouver en moi la disponibilité d'écoute dont il a besoin et, doucement, essayer de le remettre sur les rails d'un retour à la vie.

Chaque matin, à la prière des laudes, je désole mes frères en étant en retard sur le psaume prié. La faute en incombe à ces photos qui doublent mon bréviaire de volume. Chacune d'entre elles me rappelle des complicités partagées dans la douleur. Ces visages habillent ma prière. Elle devient vivante et tous les matins, Laurent, Patricia, Claire, Patrick et tant d'autres renaissent encore une fois.

5

« Elle me considérait comme une personne »

Pouvais-je échapper à Lourdes ? Je n'étais pas encore né que j'y avais déjà accompagné ma mère, flottant bien au chaud dans son ventre. Aujourd'hui, parcourir le monde semble si facile. Mais notre famille n'était pas riche, nous n'avions pas de voiture et le voyage, du village d'Uberach aux Pyrénées-Atlantiques, relevait certainement de l'expédition. Ma mère, inquiète, tenait à effectuer ce pèlerinage. Elle souffrait de dépression chronique et alignait les séjours en hôpital psychiatrique. Le dernier avait été plus long que d'habitude et elle se tourmentait avec ma naissance à venir. Les échographies annonçant le sexe de l'enfant n'existaient pas. Ma mère a donc prié la Sainte Vierge en lui offrant son enfant s'il s'agissait d'un garçon. Avouons que j'ai bénéficié là d'une belle entrée en matière pour faire de Lourdes une remarquable histoire dans ma vie.

J'ai attendu l'âge de seize ans pour y retourner avec impatience.

J'étais scolarisé chez les pères assomptionnistes et le pèlerinage national du 15 août à Lourdes fait partie depuis toujours (1872 pour être précis) de la tradition de cette famille religieuse, devenue mienne quand je suis entré dans les ordres. J'avais très envie de rejoindre le groupe de jeunes qui partait une semaine. Même si le coût en était réduit, je n'avais pas l'argent pour y participer. Jusqu'à ce que ma grand-mère accomplisse un petit miracle :

— Mon Denis, je vais t'offrir ton séjour. Je me fais trop vieille pour aller jusqu'à Lourdes, alors tu iras brûler des cierges pour moi là-bas.

Son geste n'était pas totalement innocent. Elle rêvait de me voir prêtre. En attendant, j'étais fou de joie à l'idée de partir.

En 1972, le « pélé jeunes », c'était l'équivalent de nos JMJ d'aujourd'hui, et pour le petit Alsacien qui n'avait jamais quitté sa région, une formidable ouverture sur les autres. J'ai été plongé dans un brassage de population qui rassemblait la France entière et même timidement, à l'époque, un monde au-delà de nos frontières.

Pour ceux qui connaissent le site, les jeunes plantaient leurs tentes dans un camp, sur les hauteurs de Lourdes. Nos animations se déroulaient dans la Prairie, un vaste endroit qui s'étend derrière l'actuelle église Sainte-Bernadette. Nous y avions notre propre chapiteau avec des orchestres où s'organisaient des soirées. L'ambiance était excellente et l'atmosphère propice à la créativité liturgique. Cette gaieté et ce souffle de liberté me convenaient parfaitement. Je me suis débrouillé pour y retourner tous les ans.

Notre conception innovante de la liturgie et des thèmes bibliques heurtait cependant les sensibilités de nos voisins, hébergés juste en face, à l'Hospitalité Notre-Dame-du-Salut. Je me souviens d'un épisode qui avec le passage du temps a gagné une connotation humoristique. Pourtant, cette année-là, nous avions failli en venir aux mains.

Le responsable pastoral de notre bande de jeunes nous avait proposé de réfléchir sur le chapitre du livre d'Ézéchiel « Les ossements desséchés ». Avec toute la fougue de la jeunesse, nous imaginons comment représenter ces os qui se remettent à vivre et à se couvrir de chair et de nerfs.

— On pourrait faire une construction. Grande et immense. Telle l'armée qui s'est formée une fois que les ossements se sont remis sur pied, lance l'un de nous.

— Oui, oui ! s'excite un autre. Et on pourrait la couvrir de papier pour symboliser la peau qui renaît !

Pleins d'ardeur, nous voilà occupés à ériger notre construction. Pour symboliser le tissu humain, les rouleaux de papier hygiénique se révèlent nettement plus malléables que de banales feuilles de cahiers d'écolier.

Plusieurs d'entre nous se relaient pour déclamer le texte pendant que d'autres habillent entièrement notre échafaudage de papier W-C. Avec fierté, nous admirons notre œuvre. En face, l'enthousiasme n'est pas au rendez-vous. Le scandale que provoque notre représentation du passage biblique incite à la répression. Un bataillon de jeunes catholiques d'une sensibilité plus traditionnelle que la nôtre se forme. Bannière au vent, les voilà dans la plaine, chantant en latin à pleins poumons *Credo in unum Deum*, marchant vers les impies que nous sommes à leurs yeux.

La ligne de défense se rassemble autour des plus révoltés dont – je le confesse avec plaisir – je faisais partie. Nous sommes disposés à défendre chèrement notre œuvre contre leur volonté de la détruire. Nous rétorquons en nous époumonant, cherchant à couvrir leurs voix, en hurlant à notre tour le Credo, mais superbement rythmé en français par Noël Colombier : « Je crois en Dieu qui chante et qui fait chanter la vie. »

Les poings se serrent. Nous sommes prêts à en découdre.

Il aura fallu toute l'autorité et la diplomatie de nos pères assomptionnistes pour calmer l'émeute qui s'annonçait !

Ce qui prête à sourire aujourd'hui représentait une déclaration de guerre à cette époque. Cela se passait à peine une dizaine d'années après le concile de Vatican II ouvert par le pape Jean XXIII en 1962. Il s'agissait d'accueillir le monde moderne au sein de l'Église et d'engager les chrétiens à une participation plus active lors des célébrations – ce qui supposait notamment l'abandon du latin au profit de la langue vernaculaire. J'applaudissais des deux mains à cette réforme en profondeur : enfant de chœur dès l'âge de huit ans, j'ânonnais les prières en latin sans en comprendre un traître mot !

Je me sens pleinement un fils de ce concile qui a démystifié cette Église mystérieuse et pleine de beautés, mais souvent trop à l'écart de nos vies. Cependant, je n'aurais jamais imaginé que quarante ans plus tard, ces acquis soient discutés et que la régression vers la Tradition encore de mise !

Récemment, j'arrive dans une paroisse où je dois prêcher à l'occasion d'une fête patronale. Exceptionnellement, je suis en avance. Une dame, charmante au demeurant, la trentaine, s'approche pour me saluer et s'étonne de ma tenue vestimentaire avant que je n'enfile mon aube. Je porte simplement un jean et un pull sur mon polo.

— N'avez-vous aucun signe distinctif de votre sacerdoce ? regrette-t-elle plaintivement. Un col romain ? Une croix bien visible sur votre veste ?

— Chère madame, je n'aime pas les vestes et les cols romains me grattent.

J'espère même m'en tirer par une boutade, étant religieux assomptionniste :

— L'habit ne fait pas le moine, chère madame, je suis bien placé pour m'en rendre compte.

Elle plisse le nez, très déçue par ma réponse. Mon attitude lui semble désinvolte, voire blasphématoire.

— Vous n'avez pas l'air d'un prêtre.

La moutarde me chatouille désagréablement le nez.

— Un prêtre qui porte une soutane, un col romain ou je ne sais quoi d'autre donne sa vie au Seigneur. Son vœu le plus ardent est de servir l'Église et de transmettre la passion de l'Évangile. Figurez-vous, madame, que je suis habité par les mêmes sentiments depuis vingt-cinq ans et je souhaite que vous respectiez mon engagement, avec ou sans col romain !

Je célèbre toujours la messe avec aube et étole. Néanmoins, la signification du vêtement sacerdotal n'a rien à voir avec le quotidien pastoral. Je bouillonne intérieurement, en étant solidaire de tous ces prêtres qui ont labouré le terrain, semant l'Évangile dans le cœur des plus démunis, des plus éloignés de l'Église. Je souhaiterais lui citer en exemple le travail mené par les prêtres ouvriers. Cette femme est trop jeune pour en avoir rencontré. Ah ! je voudrais la voir, ma petite dame férue de signes distinctifs, si elle devait visser des boulons sur une chaîne de montage revêtue d'une soutane !

Cette vague du retour à une conception traditionaliste de l'Église me désarçonne. Je me surprends à utiliser des revues datant des années 1990 pour y piocher des propositions liturgiques plutôt que de me servir de certaines parutions récentes. La raison en est la faiblesse des initiatives, la pauvreté des recherches. J'attribue ce manque d'audace à une volonté de notre Église de recadrer les principes qui entourent une célébration. Certains prêtres ont agi de manière excessive, dans la mouvance qui a suivi l'ouverture provoquée par le concile Vatican II. Cependant, je ne crois pas que les débordements de quelques-uns justifient un recentrage aussi sévère. Je n'ai pas honte d'être prêtre et je suis attaché aux signes de mon sacerdoce lorsque je commémore le sacrifice du Christ. Toutefois, réinstaurer des comportements rigides me paraît inadapté à la situation actuelle de désaffection que connaît l'Église et creuse davantage le fossé qui nous sépare de ceux qui s'en sont éloignés. Débattre sur le rite ordinaire ou extraordinaire doit leur sembler dérisoire face aux questions qui agitent notre société et auxquelles l'Église doit prendre part. Je suis d'accord pour accueillir toutes les sensibilités, mais de grâce, évitons les querelles de chapelle !

Dans les années de mon adolescence et de ma jeunesse, ce vent de dynamisme et d'innovation qui soufflait sur Lourdes me satisfaisait pleinement et je devins un fidèle du pèlerinage, y compris pendant mes études d'infirmier.

Mettre mes compétences professionnelles au service des malades n'était pourtant pas à l'ordre du jour. Mon raisonnement était le suivant : « Je suis toute l'année à leur chevet. Je ne vais pas m'enfermer dans une salle en plein mois d'août pendant mes vacances. »

Le déclic est venu au cours de l'été 1983. Lourdes lançait un appel, recrutant des infirmiers bénévoles. Avec la visite du pape Jean-Paul II, la ville allait connaître une affluence supérieure à celle des années précédentes. Le déplacement du pontife s'accompagnerait d'une intense protection policière. Lourdes serait quadrillée et nous pouvions vraisemblablement dire adieu à nos discussions informelles et animées sous le chapiteau. En conséquence, je me suis inscrit à l'accueil des malades à Sainte-Bernadette.

Brusquement, je découvris que le temps passé auprès d'un malade pouvait prendre une valeur différente. Je n'avais plus à courir d'une chambre à l'autre pour effectuer les soins. Je pouvais m'asseoir, discuter sans justifier ma présence par la pose d'une perfusion. Cela n'avait plus rien à voir avec ce que je vivais à l'hôpital. Ce fut pour moi une révélation : la possibilité d'un contact fondamentalement différent avec le malade. Une gratuité que je ne soupçonnais pas.

Ce que j'avais ressenti m'a poussé à revenir à Lourdes l'année même de mon ordination sacerdotale. Le pèlerinage national me confia la charge d'aumônier à l'accueil Marie-Saint-Frai. À l'origine, cet abri avait été construit pour les plus démunis et de malheureuses paillasses accueillirent en hâte les premiers pèlerins sous la houlette des pères assomptionnistes. Depuis, les installations se sont grandement améliorées ! Plus de six cents bénévoles s'occupent des malades répartis dans les quatre cents lits de la maison.

C'est l'une de ces bénévoles qui m'en chassa, dès mon arrivée…

À vingt-neuf ans, j'avais le bel enthousiasme de la jeunesse, un passé d'infirmier, un cœur de prêtre tout neuf et je comptais bien mettre tout cela à profit pendant la semaine du pèlerinage. Il faisait très chaud à Lourdes, ce qui était normal pour la saison et la région. J'avais débarqué de mon Alsace en jean, baskets et chemisette colorée, le col largement ouvert. Je pris possession de mon domaine en répondant à l'invitation d'un malade, qui me priait de m'asseoir à ses côtés. Je l'écoutais attentivement lorsqu'une dame toussa dans mon dos.

— Père Ledogar ? Veuillez me suivre, s'il vous plaît.

Aucune amabilité dans le ton de sa voix. Aucune mèche de cheveux ne s'échappe de son impeccable chignon. Je me lève et obtempère. Elle me conduit jusqu'à la porte de la salle. De là, elle me désigne le couloir.

— Vous n'avez rien à faire ici. Je suis responsable de cette unité et il n'est pas question d'accepter un aumônier de votre espèce. D'ailleurs, ajoute-t-elle en m'infligeant le coup de lance fatal qui résume selon elle mon inaptitude, il ne viendrait jamais à l'idée d'un aumônier digne de ce nom de s'asseoir sur le lit d'un malade. Tout le monde sait que ça froisse les draps.

Je me retrouve comme un imbécile, viré de mon poste avant même d'avoir pu l'exercer. Bouillant d'indignation, je fonce chez Gérard, le responsable de l'accueil. Il m'accueille, tempère ma colère et me convainc de remonter dans les étages, d'affronter mon cerbère… tout en m'abjurant de ne pas bouleverser d'emblée leurs habitudes.

J'inspire profondément, je reboutonne ma chemisette et pars à l'assaut.

— Madame, je ne corresponds pas à l'image que vous avez d'un prêtre. Pourtant je le suis bel et bien. Attendez la fin du pèlerinage avant de décider si j'ai usurpé mon état.

Mon dragon à chignon, lèvres pincées, toléra ma tenue vestimentaire relâchée et indigne d'un prêtre, selon ses critères ; tandis que, de mon côté, j'essayai de ne pas mettre l'organisation de leur salle sens dessus dessous en provoquant des changements trop rapides.

Notre cohabitation s'améliora grandement, car la responsable avait à cœur d'apporter la charité au malade et reconnut que je partageais cette même préoccupation. Dès lors, nous devînmes des amis. Elle insista même auprès du responsable de l'accueil pour que je revienne dans son service l'année suivante…

J'étais entouré de jeunes hospitalières qui avaient envie, tout comme moi, d'améliorer les conditions d'accueil du malade. En effet, bizarrement, en dehors des célébrations où il était considéré comme une personne, le malade était privé d'autonomie. L'hospitalité décidait de son emploi du temps : lever aux aurores, prières, sorties selon des normes établies par d'autres que lui, etc. Notre souhait était donc de personnaliser le séjour du malade et, pour cela, nous tentions d'obtenir une prise en charge par un seul et même bénévole pendant la durée de son séjour. Nous cherchions également à rompre les programmes imposés et nous adapter aux désirs du malade. Fatigué, il pouvait se reposer et renoncer à la piscine. Vaillant, il pouvait se rendre en ville plutôt que de se morfondre dans son lit.

Nous voulions mettre en pratique la phrase émerveillée de Bernadette, une gamine pauvre et dépréciée à cause de son absence de statut social, qui disait que la Vierge la « considérait comme une personne ».

J'ai bénéficié d'encore plus de souplesse pour expérimenter de nouvelles formes d'accueil lorsque, trois ans plus tard, j'ai été nommé aumônier principal de Marie-Saint-Frai. Je chapeautais les huit ou neuf aumôniers de la maison, eux-mêmes responsables de trois salles. J'ai eu le souci d'inclure des laïcs dans cette équipe, malgré les réticences d'hospitalières qui considéraient d'un mauvais œil tout bouleversement dans leurs habitudes. L'orage grondait parfois, mais j'ai gardé le cap, contre vents et marées.

Chaque été pendant vingt-cinq ans, j'ai donc pris le train du pèlerinage de Lourdes.

J'aime bien ce mot : « pèlerinage ». Il partage avec celui de « pérégrination » la même racine latine qui évoque le voyage, vers un pays étranger, vers un sanctuaire. Ce n'est pas anodin qu'il soit utilisé dans l'intercession pour les défunts, lors de la prière eucharistique choisie lors de grands rassemblements : « Et lorsque prendra fin notre pèlerinage sur terre, accueille-nous dans ton Royaume… »

Aumônier à Hautepierre et à Lourdes, au chevet des malades, je ne peux qu'être interpellé par cette idée que véhicule le mot « pèlerinage » : être en route vers le Seigneur.

À commencer par le train ! Un affrètement spécial, avec une section réservée à la centaine de malades qui faisaient le voyage depuis Strasbourg. Une bonne vingtaine d'heures en perspective. Je délaissais souvent l'étiquette d'aumônier pour rendosser mon habit d'infirmier et assurer des gardes la nuit. C'est un travail éreintant que de veiller sur leur santé et leur bien-être dans l'espace étroit des wagons. Je salue au passage la patience et le dévouement de ces bénévoles qui en ont la charge. Ils portent à Lourdes le nom d'hospitaliers.

Le train s'arrêtait souvent à Nevers. Nous descendions sur le quai de la gare et organisions la popote pour tous nos malades !

Le voyage, le roulis du train, l'inconfort des wagons, la durée du déplacement augmentaient quelquefois la souffrance physique des malades. Un soir, alors que j'étais de garde, une femme grabataire, épuisée, me serra la main.

— J'ai peur de devoir rester dans ma chambre, une fois arrivée à Lourdes.

— Ne vous inquiétez pas, on vous emmènera à la grotte. Le personnel a l'habitude, vous verrez.

Mes paroles ne calmèrent pas son angoisse.

— Promettez-moi que, si je suis trop fatiguée pour être déplacée, vous irez me remplir une gourde d'eau miraculeuse.

Lourdes est aussi une expression de piété populaire que je dois respecter comme dans le cas de cette femme. Dieu – c'est ma conviction profonde – n'agit pas sur les hommes en les amusant par quelques tours de magie, de temps à autre, pour affirmer son pouvoir et prouver son existence. Même si l'on peut ressentir à Lourdes cette vision simpliste de la foi. Mais loin de moi l'idée de la condamner. La faire évoluer, oui. Expliquer que le geste de foi qui nous conduit à Lourdes est beau, qu'il participe de notre intimité avec le Seigneur. Cependant, il ne doit pas s'arrêter au bain dans les piscines ou toucher le rocher où la Vierge est apparue à Bernadette.

Dieu délaisserait-il le grabataire qui ne peut s'approcher de Lourdes ?

Lorsque les rues de Lourdes sont envahies par les pèlerins, hospitaliers et malades qui se pressent ensemble pour une procession, je relis différemment ce passage de Luc où ce dernier conclut, après avoir raconté la guérison d'un lépreux : « Or la nouvelle se répandait de plus en plus à son sujet, et des foules nombreuses s'assemblaient pour l'entendre et se faire guérir de leurs maladies. »

C'est bien d'une rencontre dont il s'agit à Lourdes.

Ceux qui se déplacent dans ce village depuis cent cinquante ans viennent à la rencontre du Seigneur par l'intercession de sa mère, Marie. Pour l'entendre et guérir.

Lourdes est aujourd'hui le troisième sanctuaire mondial pour les chrétiens, après Guadalupe et Rome. Prêtres et pèlerins sont de toutes les nationalités, de tous les pays. J'élargis ainsi mon expérience d'une petite cellule d'Église à l'aumônerie de Hautepierre à celle d'une Église universelle, tant la diversité y est riche. Lourdes contrebalance mes propres préjugés sur l'Église, car je prends conscience que les problèmes varient selon les pays. Lourdes me permet de relativiser mon point de vue sur la situation.

Le sanctuaire rassemble une catholicité venue du monde entier : que les processions sont belles ! Lors de l'une d'entre elles, j'ai eu l'occasion de porter l'ostensoir. Cet objet liturgique, dont le corps prend souvent la forme d'un soleil rayonnant, permet l'exposition du Saint-Sacrement pour l'adoration par les fidèles. Le prêtre en charge de le porter s'avance au milieu d'une foule impressionnante. De chaque côté, les malades. Nos Seigneurs les malades. C'est à eux que Lourdes réserve la première place, grâce à ces milliers d'hospitaliers qui s'occupent d'eux. Je ne suis pas toujours en phase avec le traditionalisme de certains, mais lorsque je vois des jeunes qui prennent sur leurs vacances pour brancarder des grabataires pendant cinq jours, je leur accorde toute mon admiration.

C'est cette multitude que Jésus approchait. De partout, on venait vers lui : aveugles, estropiés, boiteux... Des hommes et des femmes blessés dans leurs cœurs ou leurs corps.

> « Les gens de cet endroit reconnurent Jésus ; ils firent avertir toute la région, et on lui amena tous les malades. Ils le suppliaient de les laisser seulement toucher la frange de son manteau, et tous ceux qui la touchèrent furent sauvés. »

Ce Seigneur dans l'Évangile de Matthieu passe au milieu de la foule accourue en masse à travers tout le pays. Lorsque je porte l'ostensoir, je sens Sa présence parmi les malades de Lourdes, comme des siècles auparavant en Palestine.

Les regards de foi qui se portent sur le Saint-Sacrement expriment la dimension spirituelle de l'être humain. Je travaille dans un hôpital laïc et républicain où il est nécessaire de composer avec les sensibilités de chacun. Lourdes est un terrain acquis à Dieu où la foi peut s'exprimer sans réserve. J'aimerais quelquefois faire ce voyage, ce pèlerinage avec les infirmières et les médecins que je côtoie. La souffrance les interpelle, ils ont soif de sens et je souhaiterais qu'ils se plongent dans la cité de l'Espérance que Lourdes est à mes yeux. Les malades savent que peu d'entre eux seront guéris. L'Église n'a reconnu à ce jour que soixante-sept miracles ! Mais je reste persuadé qu'au fond de leurs cœurs, ils en appellent au petit coup de pouce du Seigneur. Là-bas, ils puisent de nouvelles forces, un élan intérieur, par la prière, en se confiant à Notre-Dame pour vivre malgré leurs conditions douloureuses, parfois insupportables.

Sœur Anne-Marie avait été touchée par une phrase du docteur Xavier Emmanuelli, cofondateur de Médecins sans frontières et fondateur du Samu social. Elle avait imprimé et placardé la citation suivante sur le mur de l'aumônerie. Elle illustre bien ce que nous transmet cette cité de l'espérance qu'est Lourdes.

> « L'humanitaire, je le sais à présent, ne peut être profane. Quand je vais au secours d'un homme, c'est Dieu que je cherche. Chaque fois que je rencontre l'homme souffrant, je rencontre Dieu. »

J'ai une sensation identique : celle que Jésus passe au milieu de nous lorsque les malades reçoivent le sacrement de l'onction.

Quelques années plus tard, en effet, conjointement à mon travail de superviseur de l'accueil Marie-Saint-Frai, j'ai accepté de rédiger ces célébrations spécifiques qui se tiennent dans la basilique, sur l'esplanade ou dans la

Prairie. Elles réunissent tous les malades et environ cinq cents en bénéficient. C'est une organisation considérable qui met en valeur la patience de tous.

Parfois, les hospitaliers doivent les emmener plus d'une heure à l'avance sur le lieu où se tiendra la célébration. Assis dans leurs fauteuils roulants, les malades attendent. Si je ne suis pas happé par les impératifs de la mise en place, je m'approche d'eux. Un sourire, un *Ave Maria* partagé sont autant de petits moments de grâce où mon hyperactivité se met au diapason de leur patience. Une belle leçon que je reçois comme un cadeau.

Les hospitaliers, pendant la semaine que dure le pèlerinage, prennent, au cours d'une veillée, un engagement solennel de service. Cette célébration se déroule à une heure tardive, lorsque la plupart des malades ont déjà regagné leur chambre.

Or, leur fonction les place au premier rang dans le contact avec les malades. C'est grâce aux hospitaliers que ces derniers accèdent aux lieux du sanctuaire. Il nous a alors semblé nécessaire de réunir dans une même célébration les malades qui recevaient le sacrement de l'onction et les hospitaliers qui prenaient leur engagement solennel.

L'équipe qui m'aidait dans cette préparation se sentait pousser des ailes !

— À présent que nous avons inclus les hospitaliers, pourquoi ne pas penser aux enfants ? a proposé l'un d'entre nous lors d'une réunion.

Sitôt l'idée émise, nous sommes passés à l'action.

Je me souviens encore de cette magnifique messe où deux cents enfants entre cinq et dix ans, agitant un foulard de couleur, sont entrés en procession dans la basilique. Après l'engagement public de l'hospitalier, ils l'ont accompagné pendant qu'il apportait le plateau d'huile sainte aux prêtres. Nous leur avions également expliqué ce que signifiait l'onction des malades et nous avons voulu les impliquer plus avant dans le déroulement de la cérémonie.

J'avais rédigé la litanie des saints, en privilégiant ceux dont les visées caritatives pouvaient correspondre aux préoccupations du malade. Et nous avons demandé aux enfants de la lire.

Les petites voix enfantines ont enchanté les milliers de fidèles qui se pressaient dans la basilique.

Je pouvais donner libre cours à ma créativité liturgique. Je souhaitais que la communauté rassemblée puisse recevoir un présent rappelant la force de cette célébration. Et nous voilà en train de réfléchir.

— Qu'est-ce qui peut faire plaisir à un malade et à ses accompagnateurs ?

Nous sommes tous tombés d'accord pour répondre : le parfum. Il ne restait plus qu'à récolter mille deux cents flacons de parfum avec un budget inexistant !

Je remercie ici avec plaisir tous les grands noms de la parfumerie qui ont accepté de prendre mon appel téléphonique, d'écouter mon histoire et de nous aider. Quelques semaines plus tard, nos corbeilles en osier étaient remplies d'échantillons.

Au mois d'août 1993, nous avons célébré l'onction des malades en surprenant les fidèles par cette petite attention. La première d'une longue série. Les enfants circulaient dans les allées, remettant un flacon de parfum entouré d'un ruban indiquant la date de la cérémonie. L'évêque qui présidait n'était bien sûr pas oublié !

Pris au piège de notre succès, nous avons dû nous montrer inventifs pendant quinze ans !

J'ai appris à marchander férocement pour contenter le nombre des participants. Le très joli thème de la lumière, choisi une année comme fil conducteur du pèlerinage national, m'avait conduit à négocier brillamment mille cinq cents petites lampes de poche sur un site Internet ! Une autre fois, c'est l'évêque lui-même qui m'a fourni l'idée. Monseigneur Panafieu était à l'époque évêque de Marseille. Lors de la réunion préparatoire pour la célébration, l'Alsacien que je suis ne peut s'empêcher d'évoquer le bleu de la Méditerranée et la chaleur du Midi. Je rêve à haute voix :

— Quelle chance d'aller à la plage quand il le désire !

C'est ainsi que nous est venue l'idée du drap de bain pour monseigneur Panafieu et des gants de toilette destinés à la communauté des malades. Les enfants lui ont remis son présent avec un joli discours qui fleurait bon les vacances !

Le dicton affirme que toutes les bonnes choses ont une fin.

Passer la main était nécessaire et salutaire. La célébration du sacrement des malades n'appartient pas à un prêtre en particulier. Il en assure simplement la charge sans la posséder. J'ai étendu cette réflexion à mon travail d'aumônier à l'accueil Marie-Saint-Frai et, au bout de vingt-cinq années de pèlerinage national, j'ai mis un terme à mes fonctions pour laisser la place à d'autres. Je garde dans mon cœur et dans ma mémoire les années de complicité vécues avec sœur Marie-Véronique, sœur Isabelle, sœur Claire Emmanuel et toutes les autres. Le charisme de la congrégation des filles de Notre-Dame-des-Douleurs est l'hospitalité et la compassion. Je peux témoigner qu'elles le vivent pleinement. Leur sourire et la chaleur de leur accueil me manqueront.

Le meilleur cadeau à offrir à ceux qui vous succèdent, c'est de vous faire très discret et de les laisser conduire leur barque loin de votre regard ! Aussi, je m'absente de Lourdes pour l'instant.

Néanmoins, mon histoire avec le sanctuaire ne s'arrêtera pas pour autant.

C'est un lieu de miracles, où je réapprends à dire « oui » à l'engagement qui est le mien depuis que je suis entré dans la famille assomptionniste et devenu prêtre. Les guérisons spectaculaires ne sont pas celles qui me touchent au plus profond de moi-même. Si elles surviennent, je m'en réjouis avec le malade. Non, ce qui me trouble, ce sont les pèlerins, comme ce paralysé rencontré là-bas. Il était handicapé sévèrement depuis des années et avait une histoire personnelle difficile. Un brancardier avait, à sa demande, roulé son fauteuil jusqu'à la Prairie, en face de la grotte. Il observait avec attention un oiseau voleter de branche en branche. Je me suis assis à côté de lui et brusquement il a agrippé mon bras, ému.

— Mon père, regardez-le ! C'est si beau ! La vie est vraiment magnifique.

M'inviter à rendre grâce pour la beauté de la vie lorsqu'on vit une telle situation, voilà qui relève, à mon sens, du miracle de Lourdes.

En forme d'hommage aux hospitaliers que j'ai eu le privilège de côtoyer pendant vingt-cinq ans à Lourdes, voici une homélie qui les portait dans mon cœur : *Les perce-neige de l'amour*[1].

« Je ne sais pas ce que vous en pensez, mais j'admire la ténacité pleine d'imagination de ce paralysé. Rien ne va l'arrêter pour approcher Jésus. Et pourtant les obstacles ne manquent pas, d'autant plus que la popularité de Jésus bloque l'accès aux portes.

Je l'imagine seul, dans la cohue de cette foule, indifférente à sa détresse.

Il réussit pourtant à convaincre quatre copains pour “monter le coup” pittoresque de la terrasse.

Ces hommes ne s'embarrassent pas de convenances. Ni une ni deux, ils hissent le paralysé sur le toit, enlè-

1. Prédication du 22 janvier 2009 dans la paroisse de la collégiale Saint-Florent de Niederhaslach (67) lors de la messe télévisée « Le Jour du Seigneur » sur France 2.

vent le torchis et font descendre le brancard au milieu des gens, qui se bousculent pour lui faire de la place. Ils avaient un objectif : la guérison ; une idée fixe et folle : le miracle ; un seul moyen : parvenir à Jésus. Et les voilà devant lui. Mes amis, avouez-le, il fallait le faire !

Ces hommes me font d'abord penser aux hospitaliers et brancardiers qui accompagnent les malades et les personnes handicapées à Lourdes. J'admire, chaque année, leur ingéniosité et leur disponibilité pour les amener au pied de la grotte de Massabielle. Mais comment ne pas évoquer aussi, à travers les quatre amis de ce paralytique, la délicatesse et la tendresse déployées par les équipes d'aumônerie, la compétence et les prouesses médicales réalisées par ces soignants, femmes et hommes en blouse blanche, que je côtoie quotidiennement dans mon hôpital ?

Sans compter, jour et nuit, ils mettent leur génie au service de l'homme souffrant pour soulager, apaiser, soigner et guérir. Mais quand leurs mains de soignants restent impuissantes face à tant de détresse, leur vocation de "frères universels" les pousse aussi à conduire les malades jusqu'au cœur de Dieu qui seul peut fracasser, dans l'ultime recours, les paralysies et maladies incurables.

Dans l'Évangile d'aujourd'hui, devant la folle espérance du paralysé et de ses amis, que dit Jésus, et que fait-il ? Oh ! mais surprise ! "Voyant leur foi", il parle au paralytique de ses péchés. *A priori*, c'est la douche froide. Celui-là, ne va-t-il point le guérir ?

Ce n'est pas la guérison espérée, c'est le pardon. Il désirait marcher, il présentait son corps à délivrer et c'est son cœur qui est libéré. Cependant, il faut toujours qu'il se trouve des "rabat-joie", des cœurs barricadés, des détecteurs de blasphèmes, de scandales, d'hérésies.

Quelle opposition entre, d'un côté, les compagnons du paralysé, partisans d'initiatives hardies, amis de l'"accélérateur", les yeux rivés vers l'avenir, et, de l'autre, les scribes, familiers du "frein", le regard figé vers le passé.

"Voyant leur foi." Il ne suffit pas de claironner le credo, le plus orthodoxe soit-il, pour se situer dans la vérité. Il ne faut pas beaucoup d'efforts pour répéter des professions de foi tirées du répertoire officiel, sans pour autant y adhérer avec cœur et conviction.

Tout autre est la foi de nos brancardiers. Ils accueillent avec bienveillance les nouveautés qu'introduit, au sein de leur peuple, ce Jésus de Nazareth. Ils ne se sont pas engagés du bout de leurs lèvres, mais ils ont posé un acte d'amour pour le paralytique. "Voyant leur foi", Jésus se laisse attendrir. Il n'est pas un guérisseur, il est notre Sauveur. Avant de redonner vie à ce corps ankylosé, il s'est attaqué à la pire des paralysies, celle du péché.

Admirable divinité et humanité du Christ. Tout ce qui est humain peut s'abriter sous son regard de tendresse, y compris nos membres infirmes, nos yeux quelquefois embués de larmes, voire éteints, et nos plaies incurables.

Ami, toi qui es cabossé par la maladie, toi qui es cloué sur ton lit d'hôpital, toi qui cherches peut-être un sens à ta vie, à la fin de cette eucharistie, tu te retrouveras de nouveau seul face à tes questions et sans doute face à ton angoisse. Mais je suis sûr que toi aussi, sur ta route, tu as rencontré les brancardiers de l'Évangile, ces signes d'espérance qui te sont offerts, dans le quotidien, à travers les autres. Laisse-toi pétrir, façonner, modeler par leur amour.

Nul ne connaît le nom des brancardiers, mais n'oublie pas : ils portent le tien, le mien, le nôtre…

Ils sont la courroie de transmission de l'Évangile, ils sont tes perce-neige de l'Amour dans ta grisaille. »

6

Pourquoi ? Pourquoi ? Pourquoi ?

J'appuie trois fois de suite sur le bouton de l'ascenseur, comme si ce geste pouvait accélérer sa venue. La journée est chargée de rendez-vous, de réunions et je n'ai pas de temps à perdre. Comme d'habitude, mon impatience prend le dessus et je choisis finalement les escaliers. Mon bip sonne tandis que je grimpe les marches deux par deux. Je reconnais les chiffres du service de réanimation. Le temps d'atteindre un téléphone, je compose le numéro du poste. Au bout du fil, la voix de l'infirmière est pressante, empreinte d'une tristesse qu'elle ne peut dissimuler.

— Denis, peux-tu venir ? Des parents ont besoin de réconfort. Ils souhaitent te voir.

Je suis habitué à ce que l'imprévu bouleverse mon planning. Le malade a toujours ma priorité et c'est lui, en définitive, qui me dicte mon emploi du temps. D'autant que l'urgence perçue dans le ton de l'infirmière est suffisante pour que j'intervienne toute affaire cessante. Je redescends immédiatement les étages pour me précipiter en réa.

La jeune maman est dans le couloir, hébétée. Elle peut à peine articuler une parole ou se présenter. Le papa la tient contre lui, luttant contre son propre désespoir pour soutenir sa femme. Je ressens immédiatement l'amour que ce couple se porte. Je les invite doucement à aller s'asseoir un peu plus loin. L'infirmière me fait un petit signe et j'entre dans la chambre. Le bébé, un petit garçon de quelques mois, semble dormir, apaisé.

— Mort subite du nourrisson, me chuchote-t-elle avec émotion.

Les circonstances du décès sont malheureusement classiques. Le bébé ne se réveille pas d'une sieste. On le transporte à l'hôpital, le service tente de le réanimer. En vain. Et les parents reçoivent un choc d'une violence inouïe : le décès brutal et inexpliqué de leur enfant, jusque-là bien portant.

La maman a posé sa tête sur l'épaule de son mari, incapable de se redresser à mon approche. Je m'assois à côté d'eux et je fais silence. Toutes paroles seraient irrespectueuses face à leur terrible douleur. Je ne suis pas là pour imposer un discours convenu, mais pour apporter un peu de baume sur leurs blessures. L'image qui traverse mon esprit est celle de Véronique. La tradition évoque une femme prise de compassion devant le supplice subi par le Christ montant au calvaire. La foule l'injuriait. Véronique s'était détachée de ses rangs pour s'avancer vers le Christ et essuyer avec son voile le visage ensanglanté. Elle venait, par ce geste, s'associer à une souffrance qu'il n'était pas en son pouvoir de faire disparaître et tenter de la soulager avec ses faibles moyens.

Le papa est le premier à prononcer un mot.

— Je vous connais.

En s'exprimant avec difficulté, il me resitue le contexte de notre rencontre. L'été dernier, j'avais célébré le mariage d'un de ses amis et il était son témoin. À la manière d'un plongeur qui remonte lentement des profondeurs vers la surface, chaque mot le désengage de l'état de choc où l'annonce du décès du petit François l'a enfoncé. Petit à petit, il intègre la réalité du drame qui les frappe et ses conséquences. Le fruit de son union, de son amour, a disparu à jamais. Parler a libéré et ouvert la voie pour qu'il exprime son chagrin. Il s'effondre d'un coup et sanglote.

— Pourquoi ? Pourquoi ? Ça n'a pas de sens !

Cette douloureuse interrogation hante les couloirs de Hautepierre, lorsque la mort paraît si injustement au rendez-vous.

Hier encore, sur le cahier, placé en permanence sur une table, à l'entrée de la chapelle, une main anonyme a tracé la même question d'une plume torturée. Les mots s'étalaient largement sur la moitié de la feuille. « Pourquoi ? Pourquoi ? Pourquoi ? » Son auteur hurlait à trois reprises sur le papier son incompréhension.

Pourquoi me prendre mon fils, mon mari, ma femme, mon bébé ? Pourquoi faucher en plein vol une vie à peine commencée ? Pourquoi des mois de souffrances et au bout une autre interrogation majeure : « Et après ? »

À quoi ça sert, mon père ?

Nous avons prié. Nous nous sommes battus. Nous avons tout tenté. Pourquoi nous ?

Alors pourquoi ? Pourquoi ? Pourquoi ?

Vingt-cinq années de sacerdoce et d'activité d'aumônier ne m'ont pas donné de réponse. Je sais simplement que la souffrance n'a pas de sens. Qu'il est inutile et inhumain de vouloir la justifier.

La blessure de l'être crucifié dans sa douleur, je la lis dans le cri que Jésus adresse à son père, dans l'Évangile de Marc.

> « Et à trois heures, Jésus cria d'une voix forte : "*Eloï, Eloï, lama sabactani* ?" Ce qui veut dire : "Mon Dieu, mon Dieu, pourquoi m'as-tu abandonné ?" »

Le terrifiant silence de Dieu face à la plainte de son fils. Je laisse aux exégètes le soin d'expliquer le sens des mots de Jésus sur la croix. Je ne suis pas théologien. Seulement, dans ce cri, résonnent les appels de tous ceux qui sont frappés par le malheur ; cris que l'aumônier d'hôpital que je suis entend depuis vingt-cinq ans. Cette immense détresse, Jésus aussi l'a vécue. Il n'est pas un Dieu tout-puissant sur un trône de nuages qui dispense ses bienfaits selon son bon vouloir. Il est ce Dieu fragile, humain, incarné, auquel nous pouvons nous adresser. Car qui peut mieux comprendre notre souffrance que celui qui l'a éprouvée durement dans sa chair et dans son âme, et qui s'est senti, lui aussi, abandonné au plus profond de sa douleur ?

La messe des funérailles du petit François se fera à l'hôpital quelques jours plus tard. La maman se raccroche aux détails d'organisation pour ne pas sombrer. Elle tient à placer Sophie la girafe dans le cercueil blanc si désespérément petit de son fils.

— Un cadeau de sa marraine.

Le couple puise dans la célébration un peu de force pour laisser partir leur bébé. Tout autour de l'autel, ils ont disposé des fleurs, des photos qui parlent d'un bonheur terrassé par la mort. L'assistance est jeune et personne, hommes et femmes, ne retient ses larmes.

Dieu non plus n'a pas retenu ses larmes en apprenant la mort de Lazare. Quand il s'est trouvé face à Marie, la sœur du défunt, qui pleurait, l'Évangile de Jean nous raconte que « Jésus fut bouleversé d'une émotion profonde. Il demanda : "Où l'avez-vous déposé ?" Ils lui répondirent : "Viens voir, Seigneur." Alors Jésus pleura ».

Et quelques lignes plus loin, Jean insiste sur le chagrin du Christ : « Jésus, repris par l'émotion, arriva au tombeau. »

C'est ce Dieu-là qui m'accompagne dans mon activité pastorale. Ce n'est pas le Dieu de Voltaire qui serait, selon le philosophe du XVIIIe siècle, le Grand Architecte, régissant le ciel et la terre. Non, celui-là ne m'intéresse pas. Le Dieu auquel je crois nous rejoint à travers son incarnation. Quand l'homme souffre, Dieu a mal. Quand l'homme étouffe, Dieu n'arrive pas à respirer. Et jusqu'au bout, il manifeste son humanité.

Jésus a cette phrase extraordinaire alors qu'il est cloué sur le bois de la croix, ce supplice qui provoque la mort par une lente asphyxie. Les mauvais traitements, le manque de boisson et l'effort fourni pour respirer ont aggravé la déshydratation. Il avait certainement les lèvres asséchées, brûlées par le soleil et il a dit : « J'ai soif. »

Une fois encore, les exégètes de la Bible souligneront que mes propos sont simplistes et ne reflètent pas le sens véritable des dernières paroles du Christ en croix. Pourtant, c'est cette humanité vécue jusqu'à son dernier souffle qui m'émeut et me soutient dans mon sacerdoce. Le Christ est Seigneur, il ressuscite les morts, guérit les lépreux, multiplie les pains et sur la croix, il ose dire la simplicité de sa condition humaine : « J'ai soif. »

« J'ai soif » est la dernière phrase que Robert a prononcée.

Madeleine, sa femme, était tellement affolée qu'elle n'a pas attendu qu'une infirmière me bipe. Elle est descendue du service où son mari était hospitalisé pour venir me chercher directement à l'aumônerie.

— Mon père, venez vite. Il va partir, je le sens ! Venez prier, dépêchez-vous !

Robert est arrivé la veille. Il avait reçu la visite d'Annick qui assurait la garde du dimanche. Son état a brusquement empiré. Je monte avec Madeleine, mais devant la chambre de cet homme, je ralentis le pas.

Cet homme n'a nul besoin de ma précipitation : celle-ci doit être réservée au personnel soignant secourant un malade dont l'état nécessite l'urgence d'un traitement. L'aumônier d'hôpital n'a pas à débouler dans une chambre en catastrophe. Robert a besoin avant tout que je le respecte, que je m'intéresse à son humanité. J'interroge Madeleine à son sujet : qui est-il, d'où vient-il ?

Pourquoi ? Pourquoi ? Pourquoi ?

— Vous n'allez pas prier ?

Sa femme s'inquiète et je prends le temps de la rassurer. Prier va bien au-delà des *Ave Maria* que nous pouvons prononcer. Ce qui leur donne toute leur force est notre attente, notre désir qui invite Dieu dans nos cœurs. Lorsque je la sens calmée, nous entrons dans la chambre. Robert ne va pas bien, il est à demi conscient. Je me tiens près de son lit et je lui parle.

— Bonjour, je suis le père Denis, aumônier de cet hôpital. Je viens vous rendre visite.

Je jette un petit coup d'œil à Madeleine afin qu'elle m'accorde la permission de m'asseoir au bord du lit. Je prends la main de cet homme. Elle est brûlante. Je caresse son front, tout aussi chaud. Nous restons ainsi un moment, silencieux. Dans l'apaisement, Madeleine et moi prions. Robert semble absent, lorsque soudain ses lèvres s'entrouvrent.

— J'ai soif.

À peine un murmure. Avec tendresse, Madeleine humecte ses lèvres. Et moi, je tiens la main du Christ souffrant.

Ma sensibilité ne me pousse pas à pratiquer l'adoration du Saint-Sacrement. Cette dévotion s'adresse bien sûr au Christ, par l'exposition du pain eucharistique. Cependant, par tempérament, j'ai des difficultés à rester immobile, méditant et priant dans le silence d'une chapelle face au tabernacle ou à l'ostensoir qui présente l'hostie consacrée. En ce qui me concerne, le Christ, je le rencontre tous les jours de ma vie en naviguant sur le paquebot de Hautepierre.

Dieu m'offre la grâce de le toucher à travers chaque souffrance des malades que j'accompagne et de leurs proches. Je suis le Thomas de l'Évangile auquel le Seigneur apparaît. Je mets mon doigt à l'endroit des clous qui ont troué sa chair, je pose ma main sur son côté transpercé par la lance.

Robert, comme toute personne vulnérable qui souffre, qui est blessée, qui va mourir, me renvoie à une présence, une réalité de Dieu à laquelle je crois profondément. Leurs doutes, leurs angoisses trouvent leur écho dans le Christ de l'Évangile. Un Dieu qui s'est fait homme et a accepté sa condition humaine jusqu'au bout.

Robert sombre dans l'inconscience et meurt le lendemain, sans s'être réveillé. Nous restons, un bénévole de l'aumônerie et moi, un long moment avec Madeleine pour évoquer le défunt.

— J'ai beaucoup prié, non pas pour sa guérison, nous confie Madeleine avec une sincérité désarmante. À nos âges et avec sa maladie, mourir fait partie de l'ordre des choses. Non, j'ai prié pour que Robert ne souffre pas et parte tranquillement. Je remercie le Seigneur de m'avoir exaucée.

Le Seigneur a-t-il exaucé sa prière ? L'Évangile de Luc est formel :

> « Et bien moi, je vous dis : demandez, vous obtiendrez ; cherchez, vous trouverez ; frappez, la porte vous sera ouverte. Celui qui demande reçoit ; celui qui cherche trouve ; et pour celui qui frappe, la porte s'ouvre. »

Et si par hasard, le chercheur de Dieu a manqué ce verset, d'autres passages de l'Évangile s'empressent de renforcer cette affirmation péremptoire. Citons Jean : « Tout ce que vous demanderez en invoquant mon nom, je le ferai, afin que le Père soit glorifié dans le Fils. » Ou Marc : « Tout homme qui dira à cette montagne : enlève-toi de là, et va te jeter dans la mer, s'il ne doute pas dans son cœur, mais croit que ce qu'il dit va arriver, cela lui sera accordé ! C'est pourquoi je vous le dis : tout ce que vous demandez dans la prière, croyez que vous l'avez déjà reçu, cela vous sera accordé. »

C'est en s'appuyant sur la puissance de leur foi qu'Anne et Olivier espéraient déplacer la montagne qui les avait conduits à Hautepierre : obtenir la guérison du cancer d'Olivier. Le jeune couple attirait immédiatement la sympathie par sa gaieté et sa gentillesse. Ils étaient très actifs au sein d'une communauté charismatique qui avait immédiatement organisé une chaîne de prières à l'intention du malade. Internet se greffant là-dessus, les intentions pour sa guérison franchissaient les frontières hexagonales et les continents, à leur tour, s'occupaient de faire fléchir Dieu qui voulait leur ôter un membre de leur communauté.

La chambre ne désemplissait pas. Un jour, alors que j'entre dans la pièce, une de leurs amies, chapelet entre les doigts, me lance :

— Vous venez prier avec nous, mon père ?

— Vous êtes bien assez nombreux ! Je vous laisse terminer et je reviendrai discuter résultats sportifs avec Olivier.

Et il est vrai que nos conversations tournaient autour du quotidien, de ce qui se passait dans le monde, plutôt que de spiritualité.

Ma réponse fait sourire Olivier, mais Anne réagit différemment. Je perçois qu'elle a envie de me parler. Nous nous retrouvons dans le couloir.

— Je veux qu'Olivier guérisse. Je ne veux pas le perdre. Est-ce faux de le demander au Seigneur ? D'organiser des chaînes de prières ?

— Bien sûr que non, Anne. Jésus lui-même implorait son Père de lui épargner les souffrances de la Passion. Il a prié exactement comme tu le fais aujourd'hui pour que « si possible, ce calice s'éloigne de lui ».

Ses traits sont creusés. Les médecins lui ont annoncé de mauvaises nouvelles ce matin sur l'évolution du cancer de son mari. Elle se tord les mains et lâche, presque agressive :

— Alors, pourquoi ne nous exauce-t-Il pas ? Des centaines de personnes prient pour Olivier !

Je ne partage pas cette conception selon laquelle en multipliant les prières, nous pourrions arracher une guérison à Dieu. Il est tout à fait légitime de s'adresser au Seigneur pour Lui confier notre espoir qu'une opération se déroule bien, que la guérison soit au bout du chemin. Mais imaginer un ratio de miracles proportionnel aux nombres de prières ferait de Dieu un comptable et, selon moi, ne refléterait absolument pas le message évangélique.

Ce qui est évangélique, c'est d'aller à la rencontre de Dieu : Seigneur, tu connais ma souffrance, ma détresse. Je Te fais confiance.

Anne est déboussolée par la réalité de la situation, la vie telle qu'elle se présente. Sans miracle patenté. La révolte sourd.

— Prier ne sert à rien ?

— Au contraire, la prière est toujours essentielle. Prier, c'est remettre sa vie entre les mains du Seigneur et Lui demander de rester avec moi, de cheminer à mes côtés.

Il y a un texte de l'Évangile qui illustre merveilleusement la confiance blessée dans ce Seigneur qui se dérobe à nos attentes : les compagnons d'Emmaüs.

Luc nous raconte cet épisode où Cléophas et son compagnon font route vers un village appelé Emmaüs, à deux heures de marche de Jérusalem. Ils ont été disciples du Christ et celui-ci vient de mourir sur la croix. Ces deux hommes ouvrent la longue marche de ceux qui espéraient en Lui et sont dépités, avec la sensation de s'être fait flouer : « Et nous qui espérions qu'il serait le libérateur d'Israël ! »

Lequel d'entre nous n'a jamais été déçu par Dieu et l'Église ? Peut-être avons-nous gardé secrète la cause de notre désillusion ; ou bien, au contraire, nous l'affichons haut et clair au point de dire : « Je ne crois plus à *tout ça*. Je me suis fait avoir une fois, on ne m'y reprendra plus. Dieu ne m'a pas exaucé, malgré l'espérance que j'avais mise en Lui. Il m'a blessé et finalement, ne me sert à rien. »

Un homme marche aux côtés de Cléophas et son compagnon. Mais ils ne lui prêtent aucune attention jusqu'à ce que cet inconnu leur adresse la parole. Étrangement, il semble ne rien savoir des événements qui viennent de se dérouler et bouleversent le pays. Il écoute patiemment ces hommes exprimer leur déception, leurs espoirs bafoués, leur tristesse. Comme pour les disciples d'Emmaüs, Jésus nous laisse vider notre sac. Il n'intervient pas. Il leur offre, il nous offre, de relire et d'interpréter les événements de nos vies à la lumière de l'écriture et de la foi.

Et puis Jésus s'éloigne. Non, en réalité, le texte précise : « Jésus fit semblant d'aller plus loin. » Il ne s'en va pas. Il laisse aux deux disciples l'entière liberté de le rappeler. Ces hommes ont un geste d'hospitalité. Au lieu de verrouiller leur cœur dans leur souffrance et leur désillusion, Cléophas et son compagnon ouvrent la porte à cet inconnu : « Reste avec nous : le soir approche et déjà le jour baisse. » Il entre donc pour rester avec eux.

Qui que nous soyons, nous sommes certainement quelque part sur le chemin parcouru par les compagnons d'Emmaüs. Le Seigneur en personne est là, nous accompagne, fait route avec nous. Même si nous ne l'avons pas encore invité à l'auberge.

— La prière, Anne, est essentielle. À la façon de la palette d'un peintre, elle se teinte différemment selon les circonstances. Cependant, elle est toujours celle qui ouvre la porte de notre cœur au Seigneur. Sois assurée qu'elle est exaucée. Rarement là où nous la souhaitons. En vingt-cinq ans de sacerdoce, je n'ai jamais été informé d'une guérison *a priori* impossible. Pourtant, j'ai été le témoin de nombreux miracles, quand l'amour triomphe et fracasse les tombeaux.

Toutes mes rencontres ne sont pas placées sous le signe d'interrogation au sujet de la foi, au contraire. L'aumônier, en tant que représentant de la religion catholique, est beaucoup moins sollicité qu'auparavant. Le père de Charlotte me connaissait par une de mes conférences sur l'accompagnement en fin de vie à laquelle il avait assisté. À l'époque, sa fille était mourante et il était venu m'écouter pour tenter de gérer au mieux sa détresse. Me sachant aumônier à Hautepierre où était hospitalisée Charlotte, il avait souhaité me rencontrer.

— Perdre sa fille est impensable. C'est contre nature. Je suis anéanti de chagrin et incapable de soutenir Philippe, son mari. Peut-être votre expérience pourrait nous aider dans cette épreuve.

Charlotte était déjà dans le coma lorsque je suis entré dans sa chambre. Je me présente à cette jeune femme, mère de deux petites filles. Même si manifestement, elle ne peut m'entendre, je lui parle. Je lui explique que je viens à la demande de son père, et que sa famille l'entoure de son affection. Philippe me propose de m'asseoir. Nous discutons. Il tient à préciser qu'il ne croit pas en Dieu, non pas comme une proclamation militante de son athéisme, mais par honnêteté.

Je le rassure. Je ne vais pas tenter de le convertir. Nos conversations évolueront lentement, au fil de mes visites.

La relation qui se noue entre nous lui permet de s'ouvrir et de formuler ses anxiétés sans risquer d'entendre un discours convenu de ma part.

— L'idée que je ne puisse plus revoir Charlotte me rend fou de douleur. Je ne pourrai plus la toucher, l'embrasser. Elle ne verra pas grandir nos filles qu'elle adore. C'est insupportable.

En filigrane, j'entends la grande question que se posent les proches de celui qui va mourir : « Je veux retrouver ceux que j'aime. Existe-t-il un "après" ? » C'est volontairement que je n'écris pas « au-delà », car ce mot a une connotation religieuse qui n'intervient pas systématiquement dans cette interrogation. Je veux dire par là que l'imminence de la mort ne rapproche pas forcément de Dieu. Même pour des chrétiens, les patients ou leur famille, la question se situe avant tout sur un plan personnel. La mort va nous couper de nos proches d'une manière radicale. Est-elle définitive ?

Cette question de l'« après » taraude les proches plus fréquemment que le mourant, pour la simple raison que le patient n'est souvent plus en état de parler. On pourrait bien évidemment s'interroger sur la nécessité de réfléchir sur la mort avant que les traitements médicamenteux ne nous en empêchent. Cela mérite une réflexion approfondie qui n'est pas le propos de ce livre.

Y a-t-il une possibilité pour que Charlotte puisse un jour revoir ses filles, pour que Philippe serre de nouveau dans ses bras la femme qu'il aime ?

Je suis toujours touché lorsque le malade ou ses proches acceptent de me confier leurs incertitudes. C'est un signe particulièrement fort parmi les non-croyants de la confiance qu'ils m'accordent.

Je peux, si j'y suis autorisé, avancer quelques éléments de réponse. Ils sont liés aux religions, aux croyances de chacun.

— À votre avis, Denis, ça sera comment après ?

Nous avons tous, et moi le premier, le désir de retrouver ceux qui nous sont chers. Récemment, dans ma communauté, nous évoquions un père dont j'ai été l'élève à l'internat. Nous avons ri en nous souvenant de lui, et nous pensions que ce serait agréable de le revoir après notre mort. Mais c'est un produit de notre imagination. L'au-delà, pour moi, ne signifie pas que l'on va revivre ce qu'on a vécu dans ce monde.

Je suis aussi ignorant que Simon-Pierre lorsqu'il interpelle le Christ : « Seigneur, où vas-tu ? Jésus lui répondit : Là où je vais, tu ne peux pas me suivre pour l'instant ; tu me suivras plus tard. »

Ma plus belle folie, c'est cet espoir que je place dans le Seigneur. C'est de le croire lorsqu'il annonce aux hommes qu'il est parti nous préparer une place et qu'il reviendra nous prendre avec lui.

Cela ne signifie pas pour autant avoir l'assurance de côtoyer tranquillement les souffrances d'autrui. Certains décès sont plus difficiles que d'autres à admettre. Ils relancent cette question lancinante de l'existence de Dieu.

La mort d'Ophélie m'a marqué. Elle portait le même joli prénom que l'héroïne de *Hamlet*, la pièce de Shakespeare. Comme elle, elle s'est suicidée. À quinze ans, elle s'est jetée sous un train. Je reçois ses parents divorcés dans mon bureau pour préparer les obsèques et j'assiste à un règlement de comptes violent, chacun reprochant à l'autre d'avoir négligé cette adolescente.

J'interviens très fermement pour calmer les parents.

— Nous sommes ici pour Ophélie. Pour nous souvenir d'elle. Parlez-moi de ce qu'elle aimait.

Perdre son enfant est une douleur horrible. Et lorsque cet enfant décide lui-même de s'ôter la vie, la culpabilité s'ajoute au chagrin.

— Qu'est-ce qui s'est passé pour qu'elle refuse la vie ? Qu'avons-nous fait de travers ?

Lorsque nous avons célébré ses funérailles, la plupart des sièges de la chapelle étaient occupés par des gamins de moins de vingt ans. L'incompréhension autant que la peine se lisaient sur leurs visages. Une amie d'Ophélie est venue lire un poème et nous avons écouté une chanson de Céline Dion, l'artiste préférée de l'adolescente. Elle avait aimé le film *Titanic* au point de le revoir de nombreuses fois et nous en avions choisi la bande originale, *My Heart Will Go On*[1] :

Near, far, wherever you are
I believe that the heart does go on
Once more you open the door
And you're here in my heart
And my heart will go on and on

1. Paroles de Will Jennings.

Pourquoi ? Pourquoi ? Pourquoi ?

(Près, loin, où que tu sois,
Je crois que le cœur continue de battre,
Une fois de plus tu ouvres la porte,
Et tu es là dans mon cœur,
Et mon cœur continuera de battre, encore
et encore.)

Le temps de l'office, nous avons cherché à faire revivre une dernière fois Ophélie et partager ensemble les souvenirs d'amitié, d'amour.

Un petit groupe m'attendait près de ma voiture après les funérailles. Des ados comme on en voit le matin dans le tramway, encore ensommeillés, portant des jeans trop larges et des pulls qui découvrent leur ventre au moindre geste. Vêtus de blousons trop légers malgré l'hiver et le gel qui figeait Strasbourg. Une jeunesse en bonne santé, persuadée d'être immortelle. Ceux-là, cependant, avaient les yeux rouges et gonflés d'avoir pleuré.

— On voudrait comprendre. Pourquoi elle ? Je vous jure, elle était pleine de vie. On ne s'y attendait pas. Pourquoi mourir si jeune ?

Le prêtre que je suis se pose la même question. Le prêtre que je suis n'a pas la réponse.

Nous discutons un long moment dans le froid. Je comprends et je partage souvent la colère qui surgit devant tant de détresse inutile. Moi aussi, je souhaite secouer le Seigneur, Lui crier que je suis révolté. Mais où étais-tu quand Ophélie avait besoin de toi ? Où seras-tu lorsque ses parents devront continuer à vivre sans elle ?

Confronté aux souffrances, je cherche Dieu autant que mes frères. Je suis traversé de doutes. Ce qui me sauve, c'est de pouvoir me tourner vers un Dieu qui n'avait pas de certitudes absolues. Je l'interroge : « Jésus, qu'as-tu fait face à tes questions, à tes doutes ? » Il est ma référence. J'enracine ma quête de Dieu dans l'Évangile, dans le Jésus de l'histoire. Voilà où je puise mes forces pour affronter ces moments douloureux. Je le sens proche car il a vécu, lui aussi, la détresse et les angoisses qui assaillent ce groupe d'adolescents devant moi.

Lorsque nous nous séparons, je suis incapable de rentrer directement chez moi, dans ma communauté. J'ai besoin de me distraire, de vider ma tête des images de ces jeunes à peine sortis de l'enfance et brutalisés pas la mort inexplicable d'Ophélie.

Je gare ma voiture au centre-ville pour aller flâner sur le marché de Noël. Les chalets de bois entourent la cathédrale. Les guirlandes de lumières courent le long de leurs toits. Je respire à pleins poumons les délicieuses odeurs de pain d'épice, de vin chaud gorgé de cannelle. Les gamins, excités par l'approche des fêtes, slaloment en riant entre les passants. Tout cela sent bon la vie. Plus loin se dresse le Grand Sapin. Du haut de ses vingt-huit mètres, il toise la place Kléber, apportant la magie de la forêt par sa présence. Il scintille de mille feux et éclaire le village alsacien miniature installé à ses pieds. Je vis à Strasbourg depuis tellement d'années qu'il est rare que je ne croise pas une personne de ma connaissance lorsque je parcours les rues de la ville. Surtout à une période de l'année où elle se fait belle pour nous attirer hors de nos maisons et nous inviter à l'admirer.

Une main se pose sur mon épaule. Dans le brouhaha de la foule, je n'avais pas entendu l'appel de mon nom.

C'est le papa de François, le bébé décédé de mort subite. La maman, malgré son manteau, ne peut dissimiler son ventre rond qui annonce une grossesse. Ils tiennent absolument à m'offrir un vin chaud. Le temps est passé sur leur douleur et le lent travail de deuil a pu se réaliser.

— François est toujours dans notre cœur, me disent-ils. Il vit toujours en nous et nous ne l'oublions pas.

Soudain la maman me serre la main.

— Vous faites partie de nos vies. Vous avez partagé notre peine. Merci.

Je reste parfois lié longtemps à certaines familles. Pour d'autres, je traverse un moment aigu de leur existence avant que nos chemins se séparent. Cependant, le témoignage de ce couple qui me déclare que je reste gravé dans leurs cœurs me bouleverse. Et plus particulièrement le soir même de l'enterrement d'une jeune suicidée de quinze ans. Il éclaire le sens de mon engagement. Il motive mon choix de prêtre qui s'est donné à la communauté pour partager les joies et les peines de ses frères en humanité.

— Nous voulions vous envoyer un don pour votre association Semeurs d'étoiles. Puisque nous vous avons rencontré, nous allons vous le donner tout de suite.

Sur un coin du comptoir d'un chalet, nous poussons nos verres de vin chaud pour laisser la place d'un carnet de chèques.

Quelques jours après la célébration de la messe de funérailles de François, le couple, chrétien, était venu me voir en me demandant combien ils me devaient.

— Je suis prêtre. Je préside l'eucharistie et l'eucharistie n'a pas de prix.

— Pourtant c'est l'usage de verser quelque chose pour participer à la vie de l'Église.

— Cette eucharistie est le baume sur vos blessures que le Seigneur et moi pouvons vous offrir, car, en tant que croyants, elle a un sens pour vous.

Les parents insistaient.

— Si vous désirez participer financièrement à la vie de la chapelle, il y a un tronc réservé à cet effet. Vous êtes entièrement libres.

Je ne propose jamais de quête, mais la plupart du temps, la famille manifeste le désir d'aider d'autres personnes en difficulté. Enfants malades ou associations de leur choix.

Le mari de Charlotte, Philippe, avait souhaité qu'une urne soit à mise à la disposition du public à la sortie de l'église à la fin des obsèques. Il avait choisi que les dons financent la recherche contre le cancer qui avait emporté sa femme. J'ai l'impression que dans ce geste s'esquisse celui des compagnons d'Emmaüs lorsqu'ils offrent l'hospitalité à l'inconnu sur leur chemin. C'est une forme de fraternité où l'homme souhaite que son prochain soit délivré d'une souffrance à venir.

Philippe avait également accueilli le prêtre, sans pour autant partager sa foi. Il désirait me le faire savoir et, quelques jours après la célébration, il m'adressait un courrier :

> « Je n'ai pas eu le temps de te dire merci ce mardi matin. Alors je le fais maintenant et du fond du cœur. Merci. Même si je ne crois pas en Dieu, même si l'homme me fait douter, je crois en la rencontre…
>
> Celle qui te rend meilleur, celle qui te rend plus beau. Charlotte en est une. Mes amis en sont. Tu en es une autre. C'est pour ces rencontres que je vis, elles me remplissent ces jours-ci d'une douce chaleur et d'un léger espoir. Encore merci. »

Ma vie n'aurait aucun sens si je n'étais qu'un fonctionnaire de Dieu qu'on appelle pour exécuter un service et qui retourne s'asseoir dans son bureau une fois le travail achevé. Ces témoignages sont les plus beaux des remerciements. Ils habillent mon activité pastorale d'une richesse humaine qui me permet, contre vents et marées, de garder le cap ; de rester, je le répète, un homme de cœur avant d'être un homme de culte.

7

Une porte ouverte entre Ciel et Terre

L'église est pleine à craquer. Personne ne chuchote. Seuls les sanglots et les gémissements de douleur rompent le silence. Devant moi, deux cercueils. Jacques, le grand-père qui conduisait, et Anita, sa belle-fille de trente-quatre ans. Joachim, le fils de douze ans, qui a survécu à l'accident, est collé à son père. Les médecins ont accepté de le laisser sortir de l'hôpital pour l'enterrement et il marche avec difficulté, aidé d'une canne.

Avec Patrick et Chantal, le père et la grand-mère de Joachim, j'ai longuement discuté du déroulement de la célébration. Je ne connaissais pas la famille avant l'admission d'Anita en réanimation et l'hospitalisation du jeune Joachim. La maman est décédée deux jours plus tard.

— Parlez-moi de Jacques. Comment se comportait-il dans la vie ? Était-il enjoué ou au contraire d'un tempérament réservé ? Avait-il des passions ?

Chantal a du mal à s'exprimer et c'est Patrick qui répond à sa place. Petit à petit, elle ajoute quelques détails et le portrait de Jacques commence à se dessiner. C'était un philatéliste convaincu qui a pu s'adonner totalement à sa passion à l'âge de la retraite. Il entraînait une Chantal peu enthousiaste à des foires aux timbres, l'obligeant à parcourir des kilomètres pour échanger et parfaire ses collections. Il adorait son petit-fils et se faisait parfois gronder par son fils et sa belle-fille parce que, selon l'expression utilisée par Patrick :

— Il lui passait tout ! Une semaine chez son papi et Joachim rentrait intenable tellement mon père l'avait gâté.

Lorsque nous parlons d'Anita, Chantal prend la main de son fils dans la sienne et l'incite tendrement, en la serrant, à évoquer sa femme. Il raconte avec émotion leur première rencontre sur les bancs de l'université, son bonheur d'être devenu papa très jeune, avant même l'obtention de son diplôme. Chantal souligne qu'Anita avait un don pour recevoir à la maison. Elle préparait des goûters gargantuesques pour la Saint-Nicolas en invitant toute la famille et les amis de Joachim. Habile de ses mains, elle décorait la maison du sol au plafond pour les fêtes de fin d'année.

Nous nous quittons presque deux heures plus tard. Car il a aussi fallu choisir la musique et les textes qui vont rythmer la célébration. Préparer des obsèques demande du temps, mais c'est aussi un devoir du prêtre. Lorsque j'interroge leurs conjoints respectifs sur Jacques et Anita, je ne cherche pas à dresser un panégyrique des qualités des défunts. Il s'agit d'évoquer deux êtres humains, dont la vie, comme toute vie, est précieuse et unique. La faire resurgir par des éléments concrets qui caractérisaient leur quotidien, leur personnalité, c'est illustrer ce verset d'Isaïe : « Tu as du prix à mes yeux et je t'aime. »

Ce n'est pas canoniser la personne, mais mettre en lumière les parcelles de Dieu qui scintillent dans toute existence.

C'est également accompagner les vivants dans leur détresse.

Bénédicte est morte à vingt-huit ans, fauchée par la maladie. Nous avions noué de bonnes relations pendant son hospitalisation et je prenais plaisir à bavarder avec cette fille intelligente et pleine d'humour. Lorsque nous étions réunis dans sa chambre avec ses parents, elle semblait nous lancer des messages.

— Vous vous souviendrez de mes chanteurs préférés ? Vous vous souviendrez de mes lectures favorites ?

Pas plus que sa famille je n'avais envie de comprendre le sens de ses paroles. Elle était si jeune ! Personne ne souhaitait envisager sa mort. Bénédicte persistait et nous transmettait une image d'elle-même, en évoquant les petits riens qui la rendaient heureuse et la définissaient. Lorsqu'elle est décédée, sa maman est venue me demander, presque timidement :

— Accepteriez-vous de faire écouter les chansons préférées de ma fille pendant les obsèques ?

Je réponds toujours positivement à une sollicitation de ce type. Je ne crois pas que le Seigneur s'offusque d'entendre une musique ou un texte profane lors de funérailles ! Il ne s'agit pas de vanter tel chanteur à la mode ou d'en faire la louange. C'est une manière de rappeler à notre mémoire les goûts du défunt.

Rien de ce qui est humain n'est étranger à Dieu.

Dans le cas de Bénédicte, amatrice de hard rock pur et dur, nous avons déniché une ballade assez douce aux oreilles de ses parents et des miennes… Au moment où la musique a fait vibrer les murs de l'église, malgré les larmes, des sourires se sont esquissés sur les visages des jeunes amis de Bénédicte.

Sa famille, ses proches, ses collègues ont vécu des amitiés, de l'amour, des complicités avec Bénédicte. L'assistance, pétrie de tristesse, la pleure comme Jésus pleurait son ami Lazare. La flamme de l'espérance vacille devant le cercueil d'une jeune femme de vingt-huit ans. Elle peut continuer à brûler et éclairer notre chemin de vie, parce que nous refusons d'enfermer cet amour.

— Quand j'ai entendu l'un de ses morceaux préférés, m'a déclaré plus tard l'une de ses proches, j'ai pensé : « C'est tout elle. » Je l'ai retrouvée.

Un instant, la peine de l'avoir perdue s'est adoucie parce que la célébration lui ressemblait.

Cet être aimé qui échappe à notre toucher peut continuer à vivre dans notre cœur : ayons le souci de le rappeler avec justesse. Après le décès, le premier lieu public qui nous offre cette possibilité est l'Église, par le rite des funérailles.

La célébration joue pleinement son rôle lorsqu'elle permet de se remémorer le défunt, de respecter ses souhaits et de mettre publiquement un terme à sa vie terrestre.

La messe des obsèques de la petite Julie s'est tenue à la chapelle. La fillette, neuf ans à peine, s'était hissée sur un mirabellier pour en cueillir les fruits. Un acte banal que nous sommes nombreux, aux jours de l'été, à avoir fait sans la moindre conséquence. Dans sa chute, la tête de Julie a violemment heurté une pierre du jardin. Je l'avais connue tout bébé car je l'avais baptisée. Les parents ont souhaité que je préside la célébration qui s'est tenue à la chapelle.

Ce n'est pas grand, le cercueil d'une enfant de cet âge. La plupart de ses camarades d'école étaient venus. Une quinzaine de gamins déboussolés, essayant de faire coller leur réalité à celle expliquée par les adultes : Julie est partie et ne reviendra plus. Je les ai invités à s'asseoir sur le tapis autour d'elle. Ils étaient venus avec des dessins et des mots de consolation touchants que nous avons posés sur le cercueil.

Les parents et moi avions choisi un texte d'apaisement, compréhensible par les petits comme les grands : un extrait du livre poétique *Jonathan Livingston le goéland*, œuvre de l'écrivain Richard Bach.

L'intérêt de ce texte, c'est de pouvoir le lire, à la manière du *Petit Prince* de Saint-Exupéry, à des âges différents et d'en tirer à chaque fois une signification diverse selon les circonstances de sa vie.

Au cours de la célébration, je me suis assis au milieu des enfants et j'ai invité ceux qui le désiraient à parler à Julie, à lui dire une phrase, un au revoir. Ils se sont tous levé les uns après les autres au fur et à mesure que je leur tendais le micro. Le premier était le garçon le plus hardi de la bande.

— On t'aimait bien, Julie. Tu vas me manquer.

Certains se levaient à deux, collés comme des frères siamois, parce qu'ils se tenaient très fort la main et ne la lâchaient pas en se redressant. Ils se donnaient ainsi mutuellement du courage pour pouvoir articuler à haute voix la peine qu'ils avaient en eux.

Une atmosphère de calme a envahi la chapelle après la dernière intervention des enfants. Nous avons ensuite poursuivi la célébration. Julie avait reçu un adieu magnifique de la part de ses petits camarades d'école.

Une année plus tard, je farfouillais dans le rayon parfumerie d'un grand magasin au centre-ville de Strasbourg lorsqu'une dame m'aborde. Je me retourne, un flacon entre les mains, des mouillettes de parfum dans l'autre.

— Père Denis Ledogar ?

Je ne reconnais pas cette femme, mais, puisqu'elle m'interpelle dans mes fonctions de prêtre, je m'empresse de reposer le flacon et de me rendre disponible.

— Je suis la maman d'un des camarades d'école de Julie. J'étais dans l'assemblée lors de son enterrement. Cependant, c'est la psychiatre qui voudrait vous dire un mot à ce sujet.

J'ai un petit tressaillement d'anxiété. Avant même qu'elle n'ouvre la bouche, j'appréhende les remontrances qu'elle, la thérapeute professionnelle, va m'adresser pour la manière dont j'ai conduit la célébration.

— Vous m'avez impressionnée en donnant la parole aux enfants, ce jour-là. C'était la meilleure façon de procéder pour que ces gamins intègrent une nouvelle terrible et commencent un processus de deuil. C'est parce que vous leur avez consacré du temps pendant la cérémonie qu'ils vont pouvoir vivre l'absence définitive de Julie.

Je bafouille des remerciements sincères. Sa bénédiction de psychiatre m'encourage pour célébrer les funérailles à venir. Mais elle n'en a pas encore terminé avec mon cas :

— Vous avez respecté le défunt et en ceci, vous avez respecté la communauté des vivants. Le rite a accompli son œuvre et, personnellement, j'en ai découvert toute la puissance.

C'est en vertu de cette puissance du rite que je m'étais permis de téléphoner au juge d'instruction en charge du dossier pour lui demander de laisser la maman de Sophie sortir de prison. Je ne me substituais pas à la loi des hommes qui la condamnaient pour infanticide. Je parlais en tant que prêtre qui expérimente depuis vingt-cinq ans l'importance du rite funéraire.

Nous étions au mois d'août et je rentrais, en pleine forme, du pèlerinage national organisé par la famille assomptionniste. Je reprenais gaiement mon service à l'hôpital et, tandis que je faisais admirer mon bronzage à l'équipe des soignants, nous avons reçu un appel du service de réanimation pédiatrique.

La petite Sophie, trois ans, inconsciente, est décédée moins d'une heure après son admission aux urgences. Sa chute dans l'escalier a été fatale. Sa maman et son compagnon sont à son chevet, bouleversés, serrés l'un contre l'autre dans la douleur.

— Voudriez-vous m'aider à habiller ma petite fille ?

J'acquiesce et, délicatement, la puéricultrice et moi découvrons le drap du lit. Le compagnon de la maman préfère attendre dans le couloir. Je suis frappé par les nombreuses ecchymoses sur les cuisses de l'enfant, sans pour autant réaliser ce que ces bleus peuvent signifier. Nous prions près du petit corps. Les larmes coulent sur le visage de la maman.

— Ma petite Sophie n'est pas morte, ce n'est pas vrai.

Je reçois quelques heures plus tard un coup de fil du médecin chargé de signer le certificat d'inhumation.

— Denis, cette enfant porte sur son corps des signes évidents de maltraitance.

Le compagnon de cette femme sera rapidement innocenté, tandis que la culpabilité de la mère est reconnue. Ce sont ses coups qui ont tué Sophie. Pourtant, elle demeure dans l'incapacité d'admettre son geste. Depuis sa cellule, en prison, elle m'écrit des lettres désespérées, persuadée que Sophie est vivante. La demande de l'avocate est rejetée : la maman ne pourra pas se rendre sous escorte à l'enterrement de l'enfant. Nos arguments ne réussissent pas à convaincre le juge à ce moment-là.

Quelques mois plus tard, cependant, la maman de Sophie aura l'autorisation de se rendre sur la tombe de sa petite fille. Je persiste à penser que la célébration des funérailles aurait aidé cette maman à prendre conscience de l'horreur de son acte en acceptant la mort de Sophie et en l'accompagnant une dernière fois.

Il ne s'agit pas ici de condamner ou d'absoudre l'infanticide commis. Nous avons des lois qui s'en chargent. Je parle de la force de l'Église qui garde l'ouverture entre Ciel et Terre par le biais de la célébration des funérailles.

La communauté des vivants accompagne le défunt à la porte de l'au-delà et le regarde avec respect, amour et tendresse la franchir vers un « après » qui nous est inconnu.

Le polyptyque peint par Sylvie Lander qui couvre un mur de la chapelle de Hautepierre symbolise parfaitement ce rituel. Il est essentiel que ce dernier soit préservé et que je m'acquitte de ma tâche en pleine conscience d'être ce passeur vers l'« après ».

Ce qui signifie que j'accepte tous ceux qui s'adressent à l'Église, comme Christophe et sa sœur Sophie. Ils étaient bouleversés par la mort de leur mère.

Nous avions tous été touchés dans le service par la patience et l'affection de ces deux jeunes adultes envers Jacqueline qui mourait d'un cancer. Ils se relayaient à son chevet et quasiment chaque jour, l'un des deux venait lui rendre visite. J'en avais fait la remarque à Jacqueline.

— Vous êtes entourée d'amour par vos enfants.

Jamais Jacqueline ou sa famille n'avaient abordé le sujet de la religion ni n'avaient manifesté le souhait de communier, de prier, d'aller à la messe ou de recevoir le sacrement des malades. Je savais simplement que les enfants comme la mère avaient été baptisés dans la foi catholique. Néanmoins, en quelques phrases, j'avais compris que toute la famille délaissait le Seigneur depuis fort longtemps.

Malgré cela, au décès de leur mère, Christophe et Sophie insistèrent pour une célébration religieuse. Leur demande n'était pas motivée par une question de convenances sociales, mais exprimait un besoin véritable d'offrir à Jacqueline une cérémonie qui ait du sens et respecte sa mémoire.

— Les pompes funèbres nous ont juste proposé de lire un texte, voire d'écouter un peu de musique, et puis c'est tout. On ne peut pas laisser partir maman comme ça, s'indignaient Christophe et Sophie.

Lorsque les hommes et les femmes sont dans la peine, ils se tournent vers l'Église. Je comprends qu'on puisse s'insurger contre une attitude qui s'apparente à celle de consommateurs. Qu'on puisse trouver hypocrite de réclamer des obsèques religieuses comme un vulgaire service de livraison vers l'au-delà, sans lien avec une réflexion personnelle sur la foi ou un engagement spirituel.

Je ne pense pas pour autant faillir à ma mission de prêtre en accueillant la demande de Christophe et Sophie. Je n'oublie pas que dans le ministère de pasteur s'exerce avant tout la notion de serviteur. Le ministre est celui qui remplit une fonction pour le compte d'autrui. Mon maître est le Christ. Est-ce que Jésus se serait permis de rejeter Christophe et Sophie en arguant qu'ils ne mettaient plus les pieds à l'église depuis des années ? Qu'ils n'étaient même plus certains de prier le Notre-Père dans son intégralité sans se tromper ?

Ma référence reste le Christ : qu'aurait-Il fait à ma place ? Qu'aurait-Il dit ?

Qu'Il nous appelle à la conversion, à travers le témoignage de l'Évangile, c'est évident, mais Jésus ne commence pas notre évangélisation par une leçon de morale. Il accueille, et c'est mon devoir de marcher à sa suite.

Je crois sincèrement que devant la perte d'un être cher, confrontés à la question existentielle liée à l'inconnu de l'« après », quelle que soit notre foi en Dieu, en l'homme, quelle que soit notre confession religieuse ou son absence, nous pouvons recevoir le message d'espérance que délivre l'Église.

Les deux enfants de Jacqueline sont rassurés sur l'accompagnement religieux de leur mère. Celle-ci sera inhumée à côté de son époux, décédé des années auparavant, dans un petit village à une demi-heure de Strasbourg.

— Cela ne vous dérange pas de faire ce petit bout de route ? Car la messe se tiendra bien sûr dans l'église du village.

— Nous devons d'abord demander l'autorisation au curé de la paroisse.

Les enfants tombent des nues.

— Mais, argumentent-ils, vous êtes le prêtre qui a été le plus proche de maman durant ses derniers instants. C'est vous que nous connaissons. Nous ne savons même pas le nom du curé ! Quelle importance que la célébration soit présidée par vous plutôt qu'un autre ?

Les familles ont souvent des difficultés à comprendre qu'il ne m'est pas toujours possible de célébrer dans la paroisse de leur choix.

— Sophie, vous êtes professeur, n'est-ce pas ?

— Oui, j'enseigne l'informatique.

— Imaginez que votre collègue intervienne dans votre classe avec un élève que vous n'avez jamais rencontré et qu'elle monopolise un ordinateur pour le faire travailler. Que lui diriez-vous ?

— Que c'est ma classe, le matériel mis à ma disposition, et qu'elle aille enseigner dans la sienne !

— L'Église aussi a ses lois d'organisation. Elles peuvent sembler inadaptées dans les circonstances dramatiques de la perte d'un proche. Cependant, elles sont nécessaires pour assurer son bon fonctionnement.

Un simple coup de fil sera suffisant pour obtenir l'autorisation de célébrer dans la paroisse.

—Vous êtes le bienvenu. Après tout, vous les connaissez mieux que moi, me répond avec simplicité le vieux prêtre en charge de la paroisse.

Le souvenir de ces défunts sera chéri par leurs familles. Ils auront à cœur d'évoquer les moments qui les unissaient. Néanmoins, ce travail de commémoration se limitera à un cercle d'intimes.

Nous sommes réellement morts lorsque plus personne n'évoque notre nom. C'est tout le sens des stèles commémoratives qui ornent les places de nos villages, les murs de nos cimetières : lutter contre l'oubli.

Or, l'Église nous offre de proclamer publiquement le nom de nos défunts. Bon nombre de paroissiens fidèles ou occasionnels s'en souviennent et souhaitent associer celui de leurs proches décédés à une intention de messe. Particulièrement à l'occasion de la date anniversaire du décès.

Il existe dans la tradition catholique un jour de l'année consacré à nos défunts : le 2 novembre. La Toussaint, fêtée le jour précédent, est souvent confondue avec cette journée de commémoration. Un manque grandissant d'instruction religieuse et le fait que le 1er novembre soit férié poussent les familles à fleurir ce jour-là les tombes de leurs proches décédés. Pourtant l'Église a reconnu, tout aussi rapidement qu'elle a institué la fête de la Toussaint, la nécessité d'une messe solennelle pour commémorer nos morts. Depuis plus d'un millénaire, nous pensons à ceux qui nous ont quittés et que nous n'oublions pas.

Nous gardons, plus spécialement ce jour-là, grande ouverte la porte entre Ciel et Terre. Entre ceux qui vivent auprès de Dieu et ceux qui ont achevé leur pèlerinage sur terre.

Nous sommes liés les uns aux autres, non pas en faisant tourner les tables pour asticoter les esprits et les forcer à communiquer, mais dans la solidarité qui existe entre tous les frères en humanité.

En ce jour, les paroles d'intercession pour les défunts qui font partie des prières eucharistiques montent vers le Ciel en prenant avec force leur signification de communion.

> « Seigneur, Toi qui n'oublies jamais personne, nous te prions pour ceux que nous aimons et pour ceux qui sont partis vers Toi. Souviens-Toi de ceux qui souffrent et qui ont de la peine, de la grande famille des chrétiens et de tous les hommes dans le monde entier. »

Le paquebot de Hautepierre subit, plus qu'un autre, les coups et les roulis des décès quotidiens.

Comme beaucoup d'autres paroisses, nous préparons ce jour en envoyant aux familles ayant eu un deuil dans l'année en cours une invitation à venir participer à la messe du 2 novembre. Notre seule dérogation est de privilégier non pas la date exacte, mais le dimanche qui suit la Toussaint, cela dans un souci de faciliter le déplacement des familles. En effet, leur proche décédé peut avoir été hospitalisé à plusieurs kilomètres de son domicile. Se rendre à Hautepierre serait impossible en semaine.

Je tiens effectivement tout au long de l'année un triste travail de comptabilité. Nous avons à l'aumônerie un grand cahier qui liste les personnes décédées. J'ajoute souvent, en marge, des détails, des signes cabalistiques connus de moi seul, qui m'aident à reconstituer l'histoire de mon frère décédé lorsque je vais écrire nos invitations à sa famille. Je tente, à l'aune de ma propre mémoire, rafraîchie éventuellement par les bénévoles de l'aumônerie, de personnaliser les deux cent cinquante lettres qui partiront.

Le 2 novembre, la Ruche bourdonne. Nous laissons toutes les portes ouvertes pour permettre à l'assistance de participer, même ceux qui sont arrivés trop tard pour bénéficier d'un siège. Notre effectif communautaire double à cette occasion. Depuis plus de dix ans, cette affluence exceptionnelle se gère dans un confort relatif grâce à la climatisation. Nous n'avions bien sûr pas d'argent pour son installation et nous avions sollicité des entreprises, en concertation avec les différentes aumôneries de l'hôpital. Une plaque apposée dans la chapelle remercie d'ailleurs toutes les sociétés, dont l'Électricité de Strasbourg, qui ont répondu à notre appel et accepté de travailler à moindres frais pour accroître le bien-être des malades et de leurs familles.

Les visages sont graves.

La tristesse nous rassemble dans la célébration de cette messe. L'Évangile du jour est puisé chez saint Matthieu.

> « Jésus s'était assis dans le Temple en face de la salle du trésor, et regardait la foule déposer de l'argent dans le tronc. Beaucoup de gens riches y mettaient de grosses sommes. Une pauvre veuve

s'avança et déposa deux piécettes. Jésus s'adressa à ses disciples : "Amen, je vous le dis : cette pauvre veuve a mis dans le tronc plus que tout le monde. Car tous, ils ont pris sur leur superflu, mais elle, elle a pris sur son indigence : elle a tout donné, tout ce qu'elle avait pour vivre." »

J'ai une profonde tendresse pour cette veuve. Elle n'est ni riche ni célèbre. On ne connaît pas son âge, mais il est aisé de l'imaginer malmenée par la vie. En cela, elle nous ressemble. À Hautepierre, je ne croise pas le chemin de stars traquées par des paparazzi. Je croise mon voisin en humanité, simple, qui nous a donné tout ce qui était en sa possession. Parfois aussi pauvre que cette veuve qui a pris sur son indigence. Mon itinéraire d'aumônier d'hôpital est pavé d'histoires de ces anonymes qui offrent ce qu'ils ont à leurs familles, leurs amis, toujours selon leurs moyens. De l'amour, des attentions. Et aujourd'hui, en ce jour qui commémore les défunts, nous nous unissons pour évoquer leur nom.

Cette évocation débute après le partage de la Parole de Dieu.

Notre année court de novembre à fin octobre et nous rappelons les événements associés pour chaque mois écoulé.

« En novembre 2008, Barack Obama vient d'être élu président des États-Unis. Pour la première fois dans l'histoire de ce pays, le quarante-quatrième président est un Noir, soulevant une immense vague d'espérance dans la population.

En Inde, à Bombay, des terroristes prennent d'assaut simultanément des hôtels et des gares. Ces attaques se soldent par la mort de trois cents personnes, dont trente touristes étrangers.

Et parmi vous, des êtres chers ont été arrachés à votre affection. Voici leurs noms… »

Pour les défunts du mois, un bénévole allume une bougie que nous laissons flotter dans une grande vasque d'eau, double symbole de notre baptême et de la résurrection promise.

Puis la litanie reprend avec les enfants.

« En novembre 2008, des enfants nous ont quittés pour rejoindre le monde des anges. »

Bernard, artiste peintre au sein de notre Ruche, a créé pour l'occasion un grand tableau inspiré des dessins de Saint-Exupéry et, pour chaque enfant, nous accrochons un oiseau le long de la ligne qui s'envole vers le ciel.

Les mois reprennent, les noms s'égrènent.

« En janvier 2009, un Airbus A320 se pose miraculeusement sur le fleuve Hudson. La ville de New York échappe à une catastrophe et les passagers de l'avion sont tous sains et saufs. Mais dans le même temps disparaissaient…

Le sommet de l'Otan en avril 2009 transforme le centre-ville de Strasbourg en une forteresse policière. Il y a pourtant un beau moment de partage

> lorsque Barack Obama s'adresse à la jeunesse alsacienne et européenne. Et en avril sont partis… »

Lorsque j'évoque un nom, je cherche des yeux dans l'assemblée la famille du décédé. Chaque défunt me raconte une histoire et mon quotidien à l'hôpital. Je pose mon regard sur le père dont l'enfant est mort, sur la jeune femme dont les parents sont décédés à quelques jours d'intervalle, sur le couple qui a perdu son bébé. C'est ma façon de bousculer l'anonymat. J'accueille l'homme, sa souffrance et son vécu, et non le dossier d'un patient à archiver.

La communion fraternelle qu'exprime le 2 novembre est un acte de foi et d'espérance. Je la retrouve dans les paroles de cette prière pour nos défunts[1] :

> « Ici s'achève ton chemin parmi nous, mais ici même nous reviendrons pour nous souvenir, pour continuer avec toi dans le même sens, ces années où nous avons marché ensemble. (…)
>
> Ce que tu as vécu, tout cela continue aujourd'hui et l'élan que tu as pris, qui l'arrêtera ? (…) Ce que tu as vécu sur cette terre, tout cela continue à travers nous ; et l'élan que tu nous as communiqué, qui l'arrêtera ?
>
> Toi, Seigneur Jésus-Christ, en qui l'homme reconnaît son vrai visage, Toi, Jésus-Christ, tiens-nous debout, dans cet Amour plus fort que la mort. »

1. Rituel n° 267.

L'Amour plus fort que la mort…

Avec la maman emprisonnée pour de nombreuses années, son ex-compagnon qui a disparu de la région et le père biologique aux abonnés absents, Sophie est parfois bien seule dans sa tombe.

Alors je vais la voir.

Le hasard veut qu'un autre enfant dont j'ai célébré l'adieu soit depuis peu son petit voisin. J'en suis content. Et en écrivant ces lignes, en vous partageant cette histoire qui s'est imprimée douloureusement en moi, en évoquant publiquement son nom, Sophie revit dans nos cœurs.

8

Accompagner à mains nues

Le hall de l'hôpital se vide lentement. Quelques membres de la Ruche se joignent à l'équipe de l'aumônerie pour nettoyer les tables et les ranger dans la petite salle adjacente. L'Épiphanie que nous venons de fêter nous a donné l'occasion de tirer les rois après la messe. Sœur Anne-Marie et Annick rassemblent les bouteilles et les jus de fruit non entamés et nous les portons à l'étage supérieur, dans les placards de l'aumônerie. Annick n'a pas eu le temps de goûter aux galettes.

— Prends celle-ci, elle est délicieuse. Et personne n'a eu la fève. Tu as toutes les chances de devenir reine.

— Qui veut un café ?

Annick évite de justesse de croquer le berger en faïence caché dans la frangipane et je m'empresse de la couronner.

C'est un moment informel où, entre collègues aumôniers, nous allons échanger les nouvelles des services. Deux points sont essentiels dans l'accompagnement. Le premier concerne le malade. Je considère la relation qui se noue plus particulièrement entre deux personnes comme précieuse et à valoriser. Cependant, nous formons une équipe et il est primordial que nous soyons informés des agissements de chacun et que nous puissions partager nos joies comme nos difficultés. Parfois aussi, l'accompagnement peut devenir trop lourd et user notre résistance. Il est alors temps de déposer ce fardeau dans les mains d'un autre. Car notre but est d'apporter un peu de baume sur les blessures et non de nous approprier une souffrance comme si nous étions seuls à être capables de la soulager.

Le second point que je souhaite souligner, c'est qu'être aumônier d'hôpital n'est pas un métier comme les autres. On ne touche pas au cœur de l'humain pendant des années en s'imaginant qu'un jour, au moment de la retraite, on remisera son don pour la fraternité dans un placard pour qu'il prenne la poussière. Annick a remplacé sœur Anne-Marie dans sa fonction. Cependant cette dernière, ma première compagne de route, avec qui j'ai créé l'équipe à mon arrivée à Hautepierre, continue à suivre certains patients. Anne-Marie avait pris soin de rassurer Annick à notre sujet.

— Ne t'inquiète pas si tu nous vois nous disputer, Denis et moi. Nous sommes pires qu'un vieux couple ! Tu aurais vu les conditions dans lesquelles nous avons commencé l'aumônerie !

— On courait après une table, deux chaises pour aménager notre local. Et en même temps, nous étions débordés et démunis face à l'épidémie de sida.

— En revanche, insiste Anne-Marie avec une conviction qui me touche, en dix-sept ans de travail en commun, nous n'avons jamais eu un seul différend sur un accompagnement.

Aujourd'hui, sœur Anne-Marie poursuit en partie l'activité pastorale commencée des années auparavant avec deux familles, Annick assurant, elle aussi, des visites régulières.

— Depuis combien de temps Engin est-il hospitalisé ?

— Nous avons fêté son neuvième anniversaire le mois dernier. Voilà donc cinq ans qu'il est arrivé à Hautepierre.

Les parents rentraient de Turquie, leur pays d'origine, après des vacances chez les grands-parents d'Engin. Le premier enfant de ce jeune couple avait été photographié sous toutes les coutures pendant son séjour là-bas. Engin sur le tracteur rouge et neuf offert par les grands-parents. Engin, une serviette aussi grande que lui nouée autour du cou, la bouche barbouillée de confiture. Engin barbotant dans son bain. Autant d'instantanés d'une vie heureuse que Zayde, la maman d'Engin, nous a souvent montrés après le drame.

Dans la voiture, sur la route du retour, l'enfant a soudain été pris de violents maux de tête. Il s'est mis à hurler de douleur. Ils se sont précipités à la clinique de la ville la plus proche. Le temps de le transférer au service des urgences à l'hôpital de Strasbourg, équipé pour le soigner, le cerveau avait souffert d'une hémorragie. Opéré d'un anévrisme artériel cérébral, Engin vit depuis dans le coma, dans un état d'inconscience qui le coupe de toute communication avec le monde extérieur.

— C'est vraiment un bel enfant, reprend Anne-Marie. Un beau petit. Il grandit. J'ai invité Zayde à la cafétéria de l'hôpital, selon mon habitude, afin qu'elle puisse parler librement et soulager son cœur.

Zayde et son mari viennent quotidiennement en alternance s'occuper d'Engin. Son état nécessite des soins tels que le frictionner pour éviter les escarres, le changer, désencombrer ses voies aériennes avec le respirateur. La patience et la tendresse que ses parents mettent dans chacun de leurs gestes émeuvent toute l'équipe.

— Voilà cinq ans que je vois Zayde chérir son petit sans une plainte, avec un grand amour. Nous avons eu comme d'habitude de longues discussions au déjeuner et petit à petit, elle accepte l'idée de le laisser partir, malgré sa douleur de le perdre.

Engin a déjà été réanimé après deux arrêts cardiaques. Les parents ont finalement signé un accord renonçant à une intervention si un troisième arrêt cardiaque survenait, dans le cadre de la loi Léonetti d'avril 2005 mettant fin à l'obstination déraisonnable de soins.

— Laisser partir son petit garçon était impossible pour Zayde. C'était le tuer. L'opération avait ouvert une fenêtre d'espérance qu'elle n'arrivait pas à fermer. C'est uniquement dans la durée, en s'apercevant qu'Engin ne progressait pas, qu'elle a réussi à franchir un palier dans la souffrance qui est la sienne et à envisager sa mort comme une conséquence irréversible de la maladie.

Zayde souhaite respecter ce grand mystère de la vie : quand son heure viendra.

La famille est musulmane et le lien qui s'est noué entre elle et l'équipe d'aumônerie symbolise la force de la relation humaine dans un accompagnement, dépassant les clivages religieux. L'aumônier de leur confession se tient régulièrement informé du cas d'Engin, sans supplanter leur rapport. Il respecte le choix de Zayde de se tourner vers nous.

Elle s'inquiète :

— Où va partir mon petit garçon après sa mort ?

Chrétiens et musulmans se rejoignent dans leur espérance en l'au-delà.

La mort, nous explique Mohamed Latahy, aumônier musulman à Hautepierre, n'est pas le néant. C'est un changement d'état, un passage du monde éphémère vers un monde éternel lorsque l'âme quitte le corps. Cette espérance commune en un au-delà est un chemin d'acceptation pour les parents d'Engin. Elle les soutient pour approcher le jour où ce petit garçon ne pourra plus être embrassé, lavé, être à la portée physique de leur tendresse. Pour le jour de sa disparition.

Ce jour-là est arrivé pour Sébastien.

Il s'est éteint doucement dans son lit après plusieurs années de coma. Un accident de voiture avait transformé sa jeune vie en tragédie.

Lorsque la décision médicale de le sevrer du respirateur a été prise, Sébastien, contre toute attente, avait continué à respirer spontanément. Sa maman, qui l'élevait seule, nous avait alors déclaré :

— Je laisse venir l'heure de Sébastien et je ne la devance pas. Aussi longtemps qu'il vivra, je lui donnerai mon amour de mère.

Le manque de structures adaptées au cas de Sébastien avait obligé sa maman à le prendre chez elle. Elle bénéficiait de l'assistance d'auxiliaires médicales. Il faut bien se rendre compte de ce que représente l'hébergement à domicile d'un fils de moins de vingt ans, plongé dans le coma depuis des années, nécessitant des soins constants. Pourtant, cette phrase n'a pas été prononcée à la légère. L'attitude de cette femme nous a marqués, et plus particulièrement Anne-Marie qui lui rendait régulièrement visite.

— Je garde en mémoire l'image de cette maman en train de parler à Sébastien. Elle ne le pouponnait pas. Elle s'adressait à lui tout à fait normalement. Parfois il souffrait physiquement et criait. C'était très difficile.

La souffrance nous interpelle sur l'existence de Dieu et interroge également les religieux que nous sommes. Sœur Anne-Marie et moi-même avons donné notre vie au Christ.

J'ai été le témoin de nombreux malheurs durant ma carrière d'aumônier d'hôpital, et Dieu, selon moi, ne peut être qu'à l'image d'une mère qui donne tout son amour à son enfant, comme cette maman à Sébastien. Ces dons à l'autre sont des témoignages de vie qui me renforcent dans mes choix, qui me donnent l'élan pour continuer à servir mes frères. Ils expriment une dimension infinie de l'amour au sein de l'incompréhension que génère la souffrance.

L'histoire de Sébastien et celle d'Engin sont à contre-courant des modèles proposés par notre société, lisses, beaux, performants. Ces deux garçons renvoient une image très différente qui est pourtant le reflet de notre réalité à Hautepierre. Nous croisons des êtres cabossés par la vie, malmenés par les circonstances, diminués. Ils sont un point d'interrogation pour les bien-portants que nous sommes.

Un accident peut nous arriver. Qui serions-nous alors pour notre famille, nos amis, notre entourage ? Un poids *a priori* totalement inutile qui devrait disparaître au plus vite ? Va-t-on continuer à nous aimer malgré ce que nous sommes devenus ?

Nous voudrions tous partir rapidement et sans douleur. Pourtant, la vie se charge sans cesse de nous rappeler que nous ne la maîtrisons pas comme une vulgaire machine. Confronté à des situations extrêmes comme celles d'Engin et de Sébastien, je suis bouleversé par cette façon d'être de l'autre. Face à mes propres interrogations sur le mystère de la souffrance, je m'accroche à cet amour fou que je vois à travers ces parents.

La création n'est pas parfaite et nous avons quelque chose à accomplir à travers nos vies : aucune d'entre elles n'est inutile. Apportons cette goutte d'eau dans l'océan du monde, plantons une graine, aussi minuscule soit-elle, sur terre.

Tous les bénévoles de l'aumônerie peuvent témoigner de cette sensation d'impuissance et de petitesse dans notre travail. Nous ne posons aucun acte médical, ne délivrons aucune pilule miracle, ne formulons aucun diagnostic sur l'évolution de la maladie. Nous accompagnons à mains nues. Nous offrons, selon l'expression de Jean-Paul II, un supplément d'âme pour rejoindre notre frère dans sa douleur.

C'est le sens du mot compassion : souffrir avec. Ce n'est pas la pitié, que rejettent d'ailleurs les parents de ces enfants.

Nombre de parents d'enfants handicapés m'ont rapporté que leurs voisins les évitaient pour ne pas les saluer parce qu'ils sont gênés de les croiser. Ils ne savent plus quoi dire, sans imaginer combien cette négation de l'autre renforce leur isolement et celui de l'enfant.

Les amis de Sébastien ont trouvé une jolie façon d'aider la maman. Ils s'occupent de sa petite sœur. Ils l'emmènent au cinéma, jouent avec elle, comblent sa solitude.

Maëlle a connu Sébastien beau, grand et fort. Un grand frère tout-puissant dans les bras duquel se réfugier. Puis elle a vécu plusieurs années à ses côtés, à la maison, alors qu'il était dans le coma, allongé en permanence. Elle n'hésitait pas à se lover contre lui sur son lit et à lui chuchoter ses secrets à l'oreille. Que Sébastien soit bien portant ou diminué, le regard d'amour de Maëlle pour son frère ne s'est pas détourné.

Lors des funérailles, Maëlle a lu un petit mot. À travers la tendre simplicité de ses phrases, elle exprime merveilleusement cette flamme qui ne s'est pas éteinte lorsque son grand frère a cessé d'être tout-puissant.

> Sébastien,
>
> Toi, mon frère, tu claquais ton argent de poche pour m'offrir des petits pains que je ne crois pas avoir mérités.
>
> Aujourd'hui, je regrette ma timidité pour ta communion solennelle où je ne voulais pas être à tes côtés dans le chœur de l'église.
>
> Je me souviens du jour où je t'attendais devant la grille de l'école et où tu m'as dit de te suivre. Mais je marchais trop lentement, alors tu m'as prise dans tes bras et tu m'as portée jusqu'à ta salle de classe.
>
> Je me souviens d'un mercredi où on a oublié de venir me chercher à la Maison de l'enfance et toi, tu es venu.
>
> Tu as toujours été là quand j'avais besoin de toi et je sais que tu seras toujours là pour moi.
>
> Pour toi mon frère que j'aimais, que j'aime et que j'aimerai toujours.
>
> Ta sœur, Maëlle.

Sébastien, témoin de la fragilité et du mystère de la vie, a franchi la porte qui sépare le Ciel de la Terre. Nous n'avions rien d'autre à offrir à cette famille que notre fraternité.

Malgré les années à bourlinguer sur le paquebot de Hautepierre, lorsque je suis dans mon bureau, je tressaille involontairement lorsque le bruit des pales de l'hélicoptère de la Sécurité civile vient troubler le silence du ciel. Je sais que la carlingue rouge et jaune transporte dans son ventre un autre Sébastien, un autre Engin et une terrible détresse à venir pour leurs parents.

Pourtant, je n'ai jamais ressenti aussi cruellement l'humilité de notre accompagnement « à mains nues » que lors du crash du mont Sainte-Odile.

À bord du paquebot de Hautepierre, beaucoup de passagers vivent des moments heureux : une naissance, une guérison. La mort frappe discrètement à la porte de certains sans inquiéter la grande majorité des autres voyageurs. En tant qu'aumônier, je suis quotidiennement informé d'un ou deux décès. La grande faucheuse me laisse le temps de me préparer, d'accueillir la famille.

Le 20 janvier 1992, la mort a déposé d'un seul coup quatre-vingt-sept corps dans les morgues de Strasbourg. Mon cœur a réagi plus vite que ma tête et j'ai été profondément ému de cette souffrance démultipliée par le nombre de décès.

L'Airbus A320 de la compagnie aérienne de l'époque, Air Inter, s'est écrasé sur le lieu dit La Bloss, couvert de neige, dans la commune de Barr. Le drame s'est déroulé sous le regard de sainte Odile, patronne de l'Alsace. Sa statue surplombe le toit du couvent du mont voisin qui porte son nom. L'endroit est un lieu de pèlerinage et de visite très connu.

L'appareil est quasiment détruit. Le brouillard s'étant ajouté à l'obscurité, les secours ont mis quatre heures trente pour rejoindre le lieu de l'accident. Pendant ce laps de temps, plusieurs passagers en hypothermie n'ont pas résisté au froid et ont succombé à leur tour.

Personne ne peut rester indifférent à autant de souffrances concentrées en si peu de temps.

Parmi les neuf survivants et les proches des victimes, deux sont entrés dans ma vie. Ils m'ont fait toucher du doigt la tragédie d'une telle catastrophe. Tant de familles frappées par la détresse au même moment amplifient nos interrogations sur la souffrance.

Depuis ce soir-là, Valérie et moi formons un indéfectible tandem qu'aucun événement n'a pu démentir.

Comment pourrais-je oublier la nuit où l'unique membre de l'équipage encore vivant a été admis dans le service de réanimation chirurgical du professeur Otteni ? Ce soir-là, Hautepierre tanguait plus violemment que d'habitude. Je n'étais pas le seul à connaître des personnes décédées dans l'accident. De plus, le crash avait attiré les journalistes. Aucun d'entre nous n'avait l'habitude de travailler sous un tel feu médiatique.

Je n'écris pas pour raconter en lieu et place de Valérie ce qu'elle a vécu ce soir-là. Ces souvenirs lui appartiennent et c'est à elle d'en faire part. Je viens témoigner de son courage, de sa rage à surmonter cette épreuve. Le combat de Valérie pour retrouver une existence proche de celle qu'elle menait auparavant, tout en assumant cette partie douloureuse de son chemin, me renvoie à mes propres choix.

Valérie était blessée, brûlée. J'ai admiré sa ténacité à ne jamais baisser les bras. Je me souviens également de moments drôles et de grande convivialité grâce à la présence de ses collègues et amis. La chambre numéro 47 du service de traumatologie n'engendrait pas forcément la tristesse. Il m'arrivait de passer la tête et de voir Valérie entourée d'hôtesses de la compagnie Air Inter.

— Mes copines sont venues me voir pendant leur escale à Strasbourg. Elles ne sont pas arrivées les mains vides...

Et Valérie, qui connaît ma grande faiblesse pour le champagne, agitait une petite bouteille pour m'attirer dans la chambre et partager avec ses collègues ma boisson préférée. Je ne me faisais que rarement prier ! Nous fermions la porte pour trinquer en cachette du personnel soignant...

Ces visites qui signaient le triomphe de l'amitié étaient source d'équilibre et d'inspiration pour Valérie.

Souvent, lorsque le malheur frappe à notre porte, il accroît notre solitude. C'est pourquoi il est si important de nous ouvrir aux relations avec autrui. Il ne s'agit nullement de papillonner en s'imaginant qu'un carnet d'adresses bien rempli est un rempart contre l'isolement en cas de coup dur ; de surcroît, le tempérament de chacun diffère : on est plus ou moins expansif. Je parle d'une ouverture du cœur, telle qu'elle est suggérée dans l'Évangile de Matthieu : « Donnez, et vous recevrez : une mesure bien pleine, tassée, secouée, débordante, qui sera versée dans votre tablier ; car la mesure dont vous vous servez pour les autres servira aussi pour vous. »

La douleur de la perte d'un être cher est insupportable. Chaque jour, il faut trouver d'autres raisons de vivre sans cette présence charnelle qui nous manque atrocement. Parfois les proches ne sont pas les mieux placés pour nous aider. Ils font face à leur propre détresse et leur façon de la gérer peut sembler incompatible avec la nôtre. Je peux témoigner d'avoir souvent vu des personnes affligées puiser des forces pour reconstruire un avenir grâce à un voisin compatissant, une association accueillante. En créant le respect, l'entente et l'indulgence autour de nous, nous donnons une large mesure dont nous sommes les premiers bénéficiaires. Ne limitons pas l'accès de notre cœur aux seuls membres de notre famille.

Cette propension à être en lien avec les autres, Valérie l'étendait au personnel soignant. Cette connivence était précieuse pour mettre en déroute les attaques du désespoir. Elle luttait farouchement. « Avec ton caractère bien trempé, lui ai-je dit un jour, tu mériterais d'être alsacienne ! » Ainsi, Valérie n'a pas hésité un instant, le jour de sa sortie d'hôpital, à remonter dans l'avion qui la ramenait chez elle.

Certes, le passé n'est pas effacé. Chaque année, nous honorons la mémoire des victimes en nous rendant sur les lieux de l'accident. Cette capacité de regarder la réalité en face nous aide à continuer la route et à vaincre les épreuves.

Pauline a perdu son petit frère dans le crash de l'Airbus. Pour surmonter cette épreuve, elle a souhaité voir un prêtre. Elle a pris au dépourvu la cellule de crise qui s'était constituée pour aider les survivants et les familles endeuillées : « Je ne veux pas voir un psychologue, je désire rencontrer un prêtre », insistait-elle.

Un des médecins a eu l'idée de me contacter à Hautepierre. J'ai immédiatement pris ma voiture pour aller à la rencontre de Pauline. J'ai offert mon écoute, mon réconfort et ma prière de prêtre, en communion avec son petit frère.

Les pouvoirs publics organisent régulièrement des plans blancs : il s'agit de simulations de situations catastrophiques afin de gérer au mieux la réalité si elle devait se produire. Je ne suis pas psychiatre, mais religieux. La demande de Pauline souligne que la vie spirituelle a également sa place dans de telles circonstances. Faut-il amputer l'homme de sa part de spiritualité, alors que celle-ci va le conduire à s'interroger avec encore plus d'acuité sur le sens de sa vie quand il est confronté à une catastrophe ? Une société qui respecte l'être humain ne devrait pas gommer cette question. Nos cellules de crise devraient pouvoir accueillir ces questionnements et veiller à ce que la victime puisse rencontrer un homme de Dieu, si tel est son choix.

J'ai croisé de nouveau le chemin de l'impuissance face à la faucheuse, terrible gagnante, le 6 juillet 2001, lorsqu'un concert en plein air s'est transformé en drame. Un orage éclate et une partie des spectateurs courent se réfugier sous une bâche. Un énorme platane s'abat sur l'installation, écrasant tout sur son passage. Les secours s'organisent sous une pluie torrentielle. Douze personnes meurent ce soir-là. Une treizième victime s'ajoutera à cette liste quelques semaines plus tard. Une centaine de blessés seront admis dans les hôpitaux.

À la demande du médecin légiste, j'ai passé la journée du samedi à la morgue médico-légale, à la disposition des familles.

Ce qui me différencie, en tant que prêtre, du psychologue, c'est ce qui m'habite en profondeur. Le psychologue guide le patient vers le chemin de l'autonomie et de la croissance. Dans ma relation avec le malade, j'inclus le Tout-Autre. La notion de Dieu est implicite. Pourtant, très souvent, le Christ n'est pas le centre de nos conversations. Mais, puisque je revendique ouvertement mon statut de prêtre, Il est présent, comme Jean Baptiste le proclame dans l'Évangile de Marc : « Voici venir derrière moi celui qui est plus puissant que moi. »

Parfois, et c'est une autre différence marquée avec le psychologue, je partage avec les malades un peu de mon jardin secret. Je parle de mes goûts, de mes activités préférées. Je laisse une part de moi-même qui favorise l'échange.

Ouvrir sa porte à l'autre et lui donner à entrevoir une intimité qui nous est propre est un signe de confiance extraordinaire. Je pose cependant une condition à ce partage. Il faut prendre le temps de se découvrir, se respecter ou, comme l'écrivait Saint-Exupéry dans *Le Petit Prince*, s'apprivoiser : « Mais si tu m'apprivoises, ma vie sera comme ensoleillée. Je connaîtrai un bruit de pas qui sera différent de tous les autres. Les autres pas me font rentrer sous terre. Le tien m'appellera hors du terrier, comme une musique. »

J'ai cette immense chance dans mon activité pastorale de ne pas avoir à quantifier mes actes, à justifier du temps passé auprès d'un malade. Je peux tranquillement m'asseoir à ses côtés, lui parler, lui sourire, lui prendre la main. J'en suis parfois jalousé par le personnel soignant !

— Je t'envie, Denis, m'avouait une infirmière du service où je venais rendre visite à un malade. Je cours d'une chambre à l'autre et toi, voilà plus d'une demi-heure que tu es assis à côté de ce patient, à discuter.

— Ah ! il fallait te faire curé, ma grande !

Elle me répond du tac au tac :

— Tu oublies que je suis une femme. Mon ordination n'est pas pour demain !

— C'est vrai. Ta génération ne le verra certainement pas. Mais mon apostolat est si merveilleux que je ne peux que souhaiter qu'un jour ta petite-fille puisse accéder au ministère de l'Église.

J'accompagne mon frère en humanité jusqu'au bout.

À mains nues, il est vrai.

Mais dans cet accompagnement, je ne suis jamais seul. Ainsi qu'il est écrit dans l'Évangile de saint Jean :

> « C'est de lui que j'ai dit : "Derrière moi vient un homme qui a sa place devant moi, car avant moi il était" »

9

Le bouillonnement de la vie

L'obscurité de la nuit tapisse encore le ciel de Strasbourg. Je gare ma voiture rouge sous les fenêtres d'Annick, ma collègue. Lorsque la 206 appartenant à ma communauté a rendu l'âme, j'ai été chargé d'en acheter une autre. J'ai opté pour le modèle de la gamme supérieure, sans changer de couleur. Je suis très amusé par notre immatriculation qui sied parfaitement au religieux que je suis : 207 AVE 67. J'aime ce petit clin d'œil à Marie lorsque je sillonne les routes d'Alsace.

Malgré l'heure matinale, Annick me paraît remarquablement alerte et tendue. Elle me prévient d'emblée :

— Denis, surveille ta conduite. J'aimerais arriver entière à notre rendez-vous !

La main sur le cœur, je suis prêt à jurer de l'innocence de mes intentions routières. Vous qui me lisez, ne croyez jamais mes collègues lorsqu'ils se plaignent du manque de souplesse de mon style, provoquant chez eux une légère appréhension quant à mon aptitude à freiner en douceur.

Le temps pour elle de s'installer confortablement dans la voiture et nous voilà partis, direction la Belgique.

Nous avons été invités par le proviseur d'un établissement scolaire à venir parler aux élèves de terminale. Ces invitations sont récurrentes et émanent tant d'écoles catholiques que d'écoles laïques, comme celle où nous nous rendons aujourd'hui. Il a fait fi des récriminations de certains professeurs qui s'étonnaient qu'un prêtre puisse intervenir dans une institution non confessionnelle.

— Le religieux doit se cantonner à la sphère privée.

Le proviseur est resté ferme sur ses positions :

— Je souhaite que Denis Ledogar partage avec nos élèves son expérience d'aumônier d'hôpital sur les questions fondamentales que soulèvent la mort, la souffrance, l'éthique. Rejeter vingt-cinq ans de pratique sous prétexte qu'il exerce en tant que prêtre serait le signe d'un obscurantisme digne des heures les plus sombres de l'Inquisition.

Quoi qu'il en soit, que les élèves soient éduqués dans un établissement religieux ou laïsque ne change strictement rien à leur attitude. L'idée de passer deux heures avec un curé dans une salle de classe les rend maussades !

Le groupe que je rencontre en Belgique ne faillit pas à la règle. Garçons et filles, visages fermés, entrent en traînant des pieds. Les places en fond de salle sont littéralement prises d'assaut, obligeant les retardataires à s'asseoir sous mon nez, pour leur plus grand déplaisir.

— Il est où le curé ? souffle une gamine à sa voisine.

— Là, devant, c'est le gars avec le pull rose.

— Le pull rose ? Il est pas en soutane ?

L'adolescente s'en étranglerait presque, mais j'ai au moins réussi à attirer son attention. Mes vêtements reflètent mon goût pour la couleur et je ne suis pas moins prêtre en pull rose qu'habillé de noir.

— C'est l'habit du cœur qui fait le moine, mademoiselle. C'est ce dont j'aimerais vous parler cet après-midi.

Le proviseur tape dans les mains pour obtenir le silence. Annick s'est installée dans un coin, tranquillement. Elle m'accompagne quand notre emploi du temps le permet afin de se familiariser avec ce type d'interventions. Bientôt viendra son tour ! Elle sera debout sur l'estrade, présentée par le proviseur afin d'être livrée en pâture à la jeunesse !

Le chef de l'établissement s'éclipse, nous laissant face aux fauves. À peine a-t-il tourné les talons que ceux du fond se réveillent comme par miracle. Les discussions vont bon train dans leur rangée.

À mon tour, je tape dans les mains.

— Hé ho ! Les petits gars en fond de salle, oui, vous, les quatre, là-bas, venez nous faire partager le sujet de vos conversations. Il a l'air passionnant. Ce serait dommage que vos camarades et moi-même passions à côté de vos centres d'intérêt.

Mes loustics se regardent, goguenards. Ils connaissent la chanson. Ils vont se taire quelques minutes, le temps pour moi de commencer ma conférence, et puis ils reprendront tranquillement leurs bavardages.

Je m'avance vers eux, bien décidé à ne pas enrober mes paroles d'une quelconque civilité.

— Dites-moi, vous quatre, je parie que vous devez vous plaindre sans arrêt que les profs, les adultes, la société ne vous respectent pas. Le problème, c'est que je viens de me farcir cinq cents kilomètres et plusieurs heures de route pour venir ici, que j'ai lâché mon travail à l'hôpital, laissé des gamins de votre âge qui se battent contre la mort, pour votre classe. Alors, je veux bien partager deux heures avec vous, mais la seule chose que j'exige, c'est ce respect que vous réclamez pour vous-mêmes. Si vous êtes incapables de me le donner, levez-vous et sortez de cette pièce. Le proviseur n'en saura rien, promis.

Le silence est rétabli et j'entends une petite voix derrière moi qui s'étonne :

— Vous avez des jeunes qui meurent en ce moment ?

— J'en ai un au service de réanimation qui a dix-huit ans. Qui aura dix-huit ans parmi vous cette année ?

La plupart des mains se lèvent.

— Alexis a déjà fait de nombreux séjours à l'hôpital. Cette fois-ci, la leucémie qui le ronge est en train de gagner la partie. Il est probable qu'il ne quittera pas Hautepierre vivant.

Quelques mois auparavant, le premier jour de cette année, alors que je regagnais ma voiture, j'avais croisé un groupe de jeunes qui avait fêté toute la nuit le passage en 2010. Ils s'étaient rassemblés dans l'encoignure de la porte d'un magasin et faisaient profiter les passants de leur joie de vivre.

— Bonne année, m'sieur ! me lancent-ils joyeusement.

Je leur réponds en leur souhaitant du fond du cœur une bonne santé. Pour moi qui vis un quotidien que la maladie brutalise, c'est un désir sincère.

— On s'en fout de la santé, m'sieur. Souhaitez-nous d'être heureux !

Les enfants qui n'ont pas connu la violence des décès et de la maladie dans leur entourage sont incapables d'imaginer une jeunesse grabataire. La vie bouillonne en eux et l'espoir surgit presque malgré eux, telle l'eau des geysers remontant à la surface. C'est très beau et je profite toujours de ce contact avec les jeunes, comme s'il renouvelait ma propre espérance en la vie.

Cela ne préjuge en rien de la générosité de ces jeunes. Le drame d'Haïti est encore en mémoire. Le dénuement des rescapés, le nombre impressionnant des morts les a bouleversés. En revanche, leur instinct parle lorsque nous abordons le thème de l'euthanasie. Je n'hésite pas à être clair et précis dans la description de la déchéance physique qu'entraîne un cancer au stade terminal.

— Qui estime que dans ces conditions, la vie ne vaut plus la peine d'être vécue ?

L'unanimité règne.

— On pique notre chien ou notre chat lorsqu'il ne peut plus marcher. On met fin à ses jours par amour. Raison de plus pour arrêter les souffrances de nos proches !

— Si la vie n'est qu'une multiplication cellulaire, alors vous avez raison. Il est possible de supprimer un être humain sans problème.

— Mais monsieur, vous n'avez pas compris. Nous, on veut le faire par amour !

— C'est un sujet que je souhaiterais volontiers voir traiter dans les cours de philosophie : peut-on donner la mort par amour ? Car il vous obligerait à dépasser le stade d'une réaction viscérale où, selon mon expression, seules vos tripes parlent. Un sujet de philosophie vous contraindrait à une réflexion sur le sens que vous donnez à la vie en exigeant une structure : thèse, antithèse, synthèse.

— Je dois, je ne dois pas, bougonne un élève.

Je le reprends.

— Non. Là, tu confonds avec la morale. C'est une codification qui prescrit des règles. À la différence de l'éthique qui, elle, décrit sans oublier la conscience. Le but de cette réflexion est d'éclairer cette conscience.

À ce niveau-là de ma démonstration, j'en ai perdu plusieurs en route. Certains regards sont dans le vague. Bizarrement, mes quatre joyeux lurons du fond sont les plus attentifs et me posent des questions pour mieux appréhender ce que je viens de dire.

— Monsieur, on ne peut pas laisser souffrir quelqu'un ! Votre Église n'est peut-être pas d'accord, nous oui.

— Je vais te contredire. Depuis longtemps, l'Église a pris position pour légitimer le recours aux moyens permettant de soulager la douleur. Même si leur utilisation peut accélérer la mort du patient. Cependant, l'Église se situe dans un autre cadre que je vais définir par le terme d'éthique universelle : « Tu ne tueras point. » Tu avoueras que nous espérons tous que notre société se place également au même niveau d'interdiction de tuer son prochain selon son bon plaisir ! Malgré l'envie qu'on peut parfois en avoir !

Un rire secoue l'assistance.

— Ensuite, pays par pays, chaque nation a son éthique particulière. En France, les parlementaires relaient les réflexions qui conduisent aux modifications des lois. En dernier lieu vient l'éthique singulière, toi, moi, nous. Celle qui nous pousse à prendre une décision dans une situation précise.

Je n'ai aucune illusion sur l'influence éventuelle que mes propos peuvent avoir sur ces gamins pour les faire changer d'avis. Je viens simplement semer dans leurs cœurs une autre image possible de la vie. Et de l'Église.

— Monsieur, vous êtes pour ou contre le préservatif ?

J'ai du mal à ne pas sourire d'emblée en entendant la sempiternelle question sur son usage.

— Ah ! Vous aimeriez bien savoir s'il faut mettre une capote ou non, hein ?

Quand il s'agit de parler de sexualité avec les jeunes, je n'hésite pas à employer des mots crus. Être prêtre ne signifie pas être en dehors de la réalité de la vie.

— J'ai accompagné beaucoup de sidéens et le plus jeune avait dix-sept ans. Il était lycéen et croyez-moi, si le préservatif avait pu le protéger à temps du sida, lui éviter toutes ses souffrances et la mort, j'aurais été le tout premier à lui en offrir une boîte. Seulement il ne faut pas faire l'amalgame entre un bout de caoutchouc qui fait partie des armes que nous avons, à ce jour, pour lutter contre le sida, et une réflexion sur l'amour. Souvenez-vous de cette publicité : « En vacances, j'oublie tout, sauf le préservatif. »

Les jeunes se remémorent la photo d'un préservatif qui dépasse de la poche d'un jean.

— Avant, il y avait un autre slogan, précise un des élèves. « Le préservatif préserve de tout sauf de l'amour. »

— Vous croyez que dans un cas comme dans l'autre, ces publicités évoquent l'amour ou simplement l'acte sexuel – baiser, si vous préférez –, point à la ligne ? Une société qui ne vous parle que de rapports sexuels protégés vous ment. Une société qui ne vous fait pas réfléchir sur le potentiel, sur l'énergie de l'amour ne vous respecte pas.

Mes paroles provoquent un remous. Les plus expansifs montent au créneau de la révolte.

— Vous allez nous sortir le couplet de l'Église : pas de relations sexuelles avant et en dehors des liens sacrés du mariage et le présa à la poubelle !

— Je suis certain qu'une partie d'entre vous ont des parents divorcés ou séparés.

Quelques têtes acquiescent en silence.

— Il est probable également que vos parents se sont mariés à l'église et se sont donc engagés dans la fidélité. Vous avez constaté que cette promesse n'est pas facile à tenir. Vous avez peut-être aussi vécu des situations de mensonges. Votre petite amie, ou petit copain, ne vous a peut-être pas tout dit sur ses relations antérieures à la vôtre. C'est la réalité de la vie et j'affirme qu'une Église qui se voile la face sur cette réalité n'est pas courageuse.

Les grands adolescents qui sont devant moi représentent la majorité de la jeunesse de la société. La parabole du Christ qui se bat pour récupérer une brebis égarée est à présent inversée. Ce sont les quatre-vingt-dix-neuf autres qui sont éloignées de la parole de Dieu et de la puissance du message de l'Évangile. L'Église, en alignant les interdits moralisateurs, amplifie plus avant le décalage qui existe entre elle et la société. Il est temps qu'elle proclame haut et fort la beauté de l'amour transmis par l'Écriture en cessant d'interférer dans les chambres à coucher de ses fidèles.

— Je vais être très clair. Vous voulez coucher avec quelqu'un, ne réfléchissez pas et utilisez une capote. Mais n'oubliez pas de monter la barre, car l'amour a des exigences. Tous ici, en cours d'éducation sportive, vous passez allégrement une certaine hauteur. Il n'y a aucun mérite particulier. L'amour, c'est monter la barre un peu plus haut. Cela implique de ne pas considérer l'autre comme un produit de consommation. Et ma vocation de prêtre, c'est de vous y encourager.

À ce moment-là, un des élèves lève le doigt.

— Je peux poser une question, monsieur ?

Je retiens difficilement la grimace qui me vient spontanément sur les lèvres. Ce garçon, nettement plus âgé que la plupart de ses camarades, s'est montré particulièrement indiscipliné pendant mon intervention. Nul besoin d'être fin psychologue pour subodorer qu'il a approfondi plusieurs fois la seconde et la première avant de se retrouver finalement en terminale. Je tente d'emblée de mettre les rieurs de mon côté.

— Ta question, elle est au-dessus ou au-dessous de la ceinture ?

Il insiste. Il se redresse et demande à l'assemblée :

— Le jour de mes dix-huit ans, j'ai reçu un super-cadeau de la part de mon père. Pouvez-vous deviner ce que c'était ?

Les réponses fusent. Au passage, je note que les produits de haute technologie ont la cote…

— Non, rien de tout ça. Il avait déposé sur mon lit un DVD porno et une boîte de préservatifs.

Je grince :

— Et alors ?

— Et alors, monsieur, le cadeau m'a fait plaisir. Mais j'aurais préféré que le soir de mes dix-huit ans, mon père me dise : « On a des choses à se dire. » J'aurais préféré dialoguer avec lui plutôt que de me retrouver face à des objets. Le cadeau aurait été beaucoup plus beau.

Un incroyable silence règne dans la salle. Je suis impressionné et ému par la franchise de ce garçon qui résume avec ses mots l'importance de l'humain. On ne chosifie pas l'amour.

Je dois écouter et recevoir dans la position de l'Église la référence à partir de laquelle je vais éclairer ma conscience. Cela me demande une réflexion qui dépasse le stade brut de mes sentiments. Les situations ne sont jamais aussi nettes et faciles à trancher que nous le souhaiterions. Vingt-cinq années de pratique d'aumônerie en hôpital ont aussi tempéré ma vision des choses et je n'aime guère quand l'Église impose une morale au lieu de me rappeler le chemin évangélique à la suite du Christ.

Ainsi que je l'ai mentionné au début de cet ouvrage, j'ai enseigné la religion à des classes de quatrième et troisième chez les sœurs de la Divine Providence et ce fut mon premier contact avec des jeunes en tant que prêtre. J'ai rapidement compris combien le fait de conserver ce lien avec le monde des jeunes équilibrait mon activité pastorale, en lien avec la mort et la souffrance. Les années 1980 bruissaient de notre envie de changer le monde. Le sida et la montée du chômage n'interféraient pas encore dans notre vision de l'avenir.

Nos cours d'instruction religieuse sont à placer dans le contexte qui a suivi l'élan donné par le concile Vatican II. L'expérimentation avait droit de cité ; le foisonnement d'idées et la liberté de ton constituaient nos règles de base.

C'est dans cet esprit que nous avions créé le Bigot's Club. Notre signe de ralliement était une écharpe rouge et notre hymne, une version détournée de *La Marseillaise*.

Après toutes ces années, je peux encore fredonner le début de notre chant :

> Allons z'enfants du Bigot's Club
> Le jour d'confesse est arrivé
> Contre vous, grenouilles de bénitier,
> Notre écharpe rouge est levée…

C'était un lieu d'échanges sur lequel veillait sœur Monica, la directrice de l'établissement. Elle saisissait parfaitement l'intérêt d'un espace de liberté où les adolescents pouvaient s'exprimer.

À l'aumônerie, les gamins reconstruisaient le monde entre midi et quatorze heures, selon les services de cantine. Ces discussions les galvanisaient. Quant aux célébrations eucharistiques qui se déroulaient une fois toutes les six semaines dans l'enceinte du collège, elles témoignaient d'une belle vitalité liturgique. Nous rivalisions d'invention pour exprimer la beauté de l'Évangile, non seulement par le biais de nos messes, mais aussi par nos interrogations.

En relisant les dialogues de la pièce *Clown de toi* que les adolescents ont écrite et mise en scène en 1988, je retrouve les questionnements qui animaient cette génération.

> CLOWN POURQUOI. — On nous a tant répété « aimez-vous les uns les autres » et on nous a fait croire que c'était facile d'aimer. Pourquoi est-ce si difficile d'aimer ?

> CLOWN MUSICIEN. — Mon ami aux innombrables pourquoi, l'amour parfait n'existe pas. Ce serait le juste équilibre entre l'expérience et la tolérance. Mais en sommes-nous capables ?

Je jouais le rôle du clown Pourquoi et, des années plus tard, je n'ai toujours pas quitté la peau de ce personnage. Mes doutes demeurent. Cependant la passion de l'Évangile m'habite comme au temps du Bigot's Club et continue de me guider pour avancer. Néanmoins je m'interroge sur la tendance que je qualifie de « rétro » pour célébrer la liturgie dans l'Église d'aujourd'hui.

Mon ancienne collègue, Roseau Ludwig, regrette, comme moi, cette effervescence qui caractérisait nos années à la Divine Providence.

Les élèves nous interpellaient sur les sujets de société. Ils rêvaient d'un printemps des choses bien différent de ceux de maintenant. Je me souviens de combien ces jeunes, à cette époque, aimaient bousculer nos idées et nous pousser dans nos retranchements.

Curieusement, Roseau et moi ressentons le clivage générationnel plus intensément aujourd'hui qu'hier. Les jeunes se coupent de l'adulte dont ils recherchaient le contact auparavant, dissociant distinctement les deux mondes. Quant à la folie tendre qui les animait, elle a disparu pour un conformisme qui m'étonne.

Récemment, alors que Roseau faisait de nouvelles propositions à la classe, un élève lui a reproché : « Pourquoi vous agitez-vous comme ça, madame ? On ne vous a rien demandé ! »

Je constate moi aussi, lors de mes interventions dans les établissements scolaires, que les attentes ont changé. Les comportements ont tiédi.

Je suis surpris de cette nouvelle communication qui place un écran entre soi et l'autre. À présent, dès la sortie de mes conférences, les jeunes se jettent sur leurs téléphones et leurs écrans d'ordinateur pour retrouver des amis qu'ils viennent de quitter ! Il me semble parfois que manipuler la technologie prime l'intérêt du dialogue. D'ailleurs, ils confondent souvent communication et échange d'informations. Auparavant, me confirme Roseau, ils seraient restés après les cours pour discuter et tisser des liens face à l'autre.

La jeunesse vibre, en revanche, d'une manière épidermique à l'événementiel. Les grands rassemblements les nourrissent bien plus qu'un quotidien paroissial.

Les pèlerinages, au cours desquels il est possible de se démarquer du cadre actuel rigide des célébrations, attirent des jeunes qui sont déjà engagés dans l'Église.

Je m'inquiète de cet autre troupeau, ces quatre-vingt-dix-neuf brebis sans berger, prêt à suivre n'importe quelle mode ou à écouter un gourou. Qui leur fera partager les valeurs de l'Évangile, eux qui désertent les églises ? Comment les rejoindre sur leur terrain ?

« Comment l'invoqueront-ils s'ils ne croient pas en lui ? Comment croiront-ils en lui s'ils ne l'entendent pas ? Comment entendront-ils sans prédicateur ? » s'interrogeait déjà l'apôtre Paul lorsqu'il s'adressait aux Romains.

Le monde dans lequel nos jeunes sont plongés en 2010 diffère considérablement de celui qui présidait à la création du Bigot's Club et de nos innovations liturgiques. La course à la performance et à l'éternelle jeunesse ne doit pas leur faire oublier que l'essentiel ne se voit bien qu'avec le cœur, comme le rappelle si délicatement le renard dans *Le Petit Prince* de Saint-Exupéry.

Lors d'une intervention en milieu scolaire, j'avais demandé aux enfants de me parler de leurs grands-parents.

— Comment sont vos papis et mamies ? Un peu vieux ? Ridés ? Un peu trop gros ? La prochaine fois que vous leur rendrez visite, demandez-leur de vous montrer des photos d'eux lorsqu'ils avaient votre âge, quinze, seize ans. Vous allez être surpris. Ils étaient jeunes, beaux, le visage lisse et frais. Comme vous aujourd'hui. C'est la vie. On ne reste pas éternellement jeune, malgré ce que les publicités nous incitent à croire. Pourtant, je suis persuadé que vous les aimez. Quelquefois, ils vous écoutent bien mieux que ne le font vos parents. Réfléchissez : avez-vous besoin qu'ils se fassent faire un lifting pour voir la beauté de votre mamie ou de votre papi ?

Une autre expérience de jeunes m'a profondément marqué. La direction de l'IECS[1], à ma grande surprise, m'avait contacté pour me proposer de devenir le parrain de la promotion 2000-2004. Je n'imaginais pas qu'un aumônier d'hôpital, prêtre de surcroît, puisse se révéler un candidat de choix pour assumer cette fonction. Mon rôle consistait à accueillir les étudiants à leur entrée dans l'école, à les suivre dans leur cursus et à leur remettre le diplôme quatre ans plus tard. « Servir et prospérer » était la devise que je leur avais proposée pendant leur scolarité. J'ai été impressionné par les questions soulevées par ces étudiants. Elles portaient

1. Institut d'études commerciales supérieures de Strasbourg.

principalement sur l'éthique dans l'exercice de leur futur métier. Il m'est toujours très agréable de revoir l'un ou l'autre de ces jeunes et d'évoquer le lien que nous avions établi à cette époque. Lien qui perdure parfois jusque devant l'autel, quand je célèbre le mariage d'un de ces anciens étudiants.

« Servir et prospérer » : j'insiste dans mes interventions sur la nécessité de faire fructifier nos talents à notre mesure.

Une parabole dans l'Évangile de Matthieu est particulièrement populaire. C'est celle du maître qui part en voyage. Il appelle ses serviteurs et leur confie à chacun une somme d'argent dont le montant diffère. L'un reçoit cinq talents, le second deux talents, le troisième un seul. Lorsque j'avais l'âge des jeunes devant lesquels j'interviens à présent, je bouillais d'indignation à sa lecture. Dès les premières lignes, l'adolescent que j'étais criait à l'injustice ! Et la suite de la parabole n'améliorait pas mon opinion. À son retour, le maître convoque ses serviteurs et récompense largement ceux qui ont fait fructifier leur mise. Tandis que le troisième, le pauvre, qui rapporte l'argent confié au départ, se fait insulter et dépouiller du peu qu'il possède.

Bien sûr, la fougue de ma jeunesse m'emportait loin de sa véritable interprétation. En effet, pour ne pas travestir le sens de cette parabole, il faut la replacer dans son contexte. Jésus répond à ses apôtres qui lui demandent la conduite à tenir en attendant son retour : « Un homme, partant en voyage, appela ses serviteurs et leur confia ses biens. »

D'emblée nous sommes fixés : les biens que nous possédons – la vie, le monde, l'avenir à construire –, nous les tenons de Dieu. Mais il nous laisse toute initiative pour bâtir Son Royaume. Quand Dieu donne, il donne tout, c'est le grand amoureux de l'homme.

Un talent représente, au temps de Jésus, six mille pièces d'argent, soit près de vingt années de salaire d'un ouvrier de l'époque. Même celui qui n'en a reçu qu'un seul est en possession d'un trésor inestimable. Le maître lui témoigne autant de confiance qu'aux deux autres serviteurs. Si la répartition est différente, c'est, nous dit la parabole, qu'elle est faite en fonction des capacités de chacun. Il s'agit de ne pas écraser quelqu'un sous une responsabilité trop lourde pour lui. Ce n'est que justice d'en tenir compte.

C'est important de le souligner, car il est difficile se découvrir soi-même et de s'accepter tel que l'on est. On ne s'imagine pas footballeur, mais tout de suite Zidane. On ne se rêve pas chanteur, mais immédiatement Michael Jackson. Nous sommes souvent de piètres juges pour déceler nos propres talents ; ou alors nous nous obstinons à en désirer qui nous font cruellement défaut.

C'est ce qu'a tenté de me faire comprendre Malou, mon professeur de guitare. Je rêvais d'exceller dans la pratique de cet instrument. J'avais une vision merveilleuse de ce que je pourrais faire lors des célébrations en éblouissant ma communauté avec mes dons de musicien. J'ai cumulé un nombre impressionnant d'heures de cours... jusqu'à ce que mon professeur trouve le courage, entre deux fous rires, de me détourner de cette voie.

— Denis, tu en sais assez pour gratter la guitare et rythmer les veillées. Il n'est pas utile que tu t'acharnes à vouloir aller plus loin.

Il est tout aussi difficile de reconnaître son propre potentiel. Le charisme nous est donné et ne reflète pas forcément notre propre désir. C'est souvent le regard des autres qui nous fait prendre conscience du trésor que Dieu a déposé dans nos mains.

Les deux premiers serviteurs ont su faire bon usage des talents confiés par leur maître. Ils sont récompensés pour leur confiance. Ils ont osé prendre un risque, ils ont avancé en eau profonde, au grand large, alors que le troisième serviteur a reculé, il s'est laissé endormir par la morphine de l'autosatisfaction. Son souci de sécurité l'a perdu. Il rend ce qu'il a reçu, ni plus ni moins. Le compte y est. Il estime avoir fait son devoir et être quitte avec Dieu.

— J'ai eu peur, dit-il.

Tragique méprise. Dieu n'est pas un patron avec lequel on signe un contrat. Il est puissance d'Amour qui nous invite à exploiter les talents reçus.

J'ai un frère handicapé, Claude. Je suis toujours profondément admiratif pour la façon dont il accomplit chaque tâche en allant au bout de ses possibilités. Claude vibre au foot. Il n'en joue plus. Mais chaque samedi après-midi, il s'applique consciencieusement à marquer le gazon pour délimiter le terrain et rendre de multiples services à l'association sportive. Enterrer son talent comme le troisième serviteur signifierait pour Claude se reposer entièrement sur mon aide.

La société d'aujourd'hui ne favorise pas l'éclosion de talents modestes, discrets. Elle privilégie les charismes brillants, médiatiques. Pourtant, à celui qui se persuade de n'avoir reçu aucun talent, qui se dévalorise en se comparant aux autres, je souhaite rappeler que Dieu lui en a confié un, au même titre qu'à nous tous. Saint Paul souligne dans sa lettre aux Romains :

> « Selon la grâce que Dieu nous a donnée, nous avons reçu des dons qui sont différents. (...) Si c'est le don de servir, il faut servir ; si l'on est fait pour enseigner, que l'on enseigne ; pour encourager, que l'on encourage. »

Il est donc juste de pratiquer le charisme reçu, au même titre que les musiciens d'un orchestre jouent d'instruments différents, sans jalouser son voisin qui semble mieux loti que lui. Inutile de se leurrer, c'est un péché qui nous blesse tous, y compris malheureusement au sein de l'Église. Néanmoins, il faut se garder de glorifier son charisme comme un bien propre. Ne pas devenir orgueilleux demande un effort sur soi. Car ce don ne vient pas de nous, mais de Dieu.

Ce qui n'est pas donné est perdu.

En tant qu'aumônier d'hôpital, je peux certifier que les malades qui désespèrent de leur inutilité nous apportent souvent, lorsque la capacité d'aimer n'est pas enfouie comme le talent de la parabole, des témoignages de joie et d'espérance qui nous motivent et nous donnent un élan merveilleux.

Nous avons besoin de chaque main.

Une seule manque à l'appel et son absence laissera un vide dans ce grand royaume de l'amour de Dieu.

10

Vingt-cinq ans de sacerdoce

Les couloirs et les portes défilent. Nous descendons dans les profondeurs froides de l'hôpital. À fond de cale du paquebot se trouve la morgue où reposent les corps. Annick me seconde dans la tâche qui nous est confiée d'habiller le mort. Je porte les vêtements avec une crispation dans le cœur un peu inhabituelle. C'est un habit de prêtre.

Nous œuvrons dans un silence à peine troublé par quelques phrases pour nous organiser afin d'arranger son aube dans le cercueil. Il m'est impossible, dans ce moment poignant, de ne pas penser à ma propre mort, aux gestes que fera un autre Denis pour placer sur mon corps les signes de l'engagement de toute une vie.

Trois jours plus tard, nous célébrons ses funérailles, présidées par l'archevêque de Strasbourg. Un prêtre, même dans la mort, reste au service de Dieu. Ainsi, contrairement au laïc dont la position du cercueil reflète sa vie de paroissien – face à l'autel –, le serviteur, lui, tourne ses pieds vers le fond de l'église. Comme dans l'exercice de son sacerdoce, le prêtre est face au peuple de Dieu.

Nous déposons sur le bois du cercueil une étole et un calice, les insignes par excellence de la prêtrise.

Accompagner un serviteur de Dieu jusqu'au seuil de l'infranchissable remue toujours au fond de moi une émotion liée au choix que j'ai fait de devenir religieux. Avant tout, ma vocation première est d'être prêtre.

Je n'avais pas d'aspiration particulière à entrer dans une congrégation. La vie a mis sur ma route celle des assomptionnistes et je ne le regrette pas. Je dis souvent en manière de boutade que, si je suis ravi de faire partie de cette famille, mes frères, quant à eux, sont peut-être plus dubitatifs quant à l'homme dont ils ont hérité !

J'ai raconté dans mon livre[1] ma fascination pour la vie de prêtre, mon curé de paroisse que je prenais pour Zorro lorsque sa longue pèlerine noire gonflait comme une cape sous l'effet du vent. Paul Meyer avait été formé par les assomptionnistes. Il avait conseillé à mes parents de m'envoyer au petit séminaire pour mon éducation. J'aurais le loisir de décider de ma vocation après le bac.

J'ai grandi parmi cette famille religieuse, ouverte et accueillante. Je ne me suis plus posé la question de la quitter.

Mon action pastorale au sein de l'hôpital donne du sens à cette vie de prêtre et je remercie ma famille

1. *La Tendresse pour tout bagage*, *op. cit.*

assomptionniste de l'accepter pleinement. Tout d'abord, j'ai évolué pendant dix ans au sein d'une communauté assomptionniste de frères âgés dont certains avaient été mes professeurs. Je vis aujourd'hui dans une petite fraternité, en appartement, en plein centre-ville de Strasbourg, en compagnie du père Alain, aumônier d'hôpital qui partage mon quotidien sur le paquebot, et du père André, mon ancien supérieur.

Je bouscule plus d'une fois les rythmes imposés de notre congrégation, car concilier la vie religieuse et les activités d'aumônier d'hôpital est parfois ardu. Cependant, mes supérieurs ont toujours admis cette particularité, qu'ils considèrent comme un atout supplémentaire pour la vitalité de notre ordre.

Une autre congrégation a beaucoup influencé ma conception des soins : les Sœurs de la Charité de Strasbourg, communément appelées les Sœurs de la Toussaint. Sœur François et sœur Anne-Catherine ont formé toute une génération d'infirmiers, dont je fais partie. Sœur Micheline, sœur Jeannette-Marie et tant d'autres ont été des dignes filles de saint Vincent de Paul. Elles ont écrit, au fil de leur engagement auprès des malades, de merveilleuses pages d'Évangile.

Plus jeune, pourtant, j'ai eu d'autres hésitations sur mon avenir. Je me suis rêvé un temps médecin, puis avocat. Ma propension à défendre la veuve et l'orphelin m'aurait mené dans le prétoire, où, avec de belles envolées oratoires, j'aurais plaidé pour les plus pauvres !

Pourtant, avec le recul de vingt-cinq années, je le confesse : j'aime ma vie de prêtre. Et accueillir un autre frère dans le sacerdoce dans une chambre du paquebot où je navigue quotidiennement donne un éclairage particulier à mon engagement.

J'entends souvent ce poncif selon lequel les religieux sont difficiles à accompagner. C'est oublier qu'ils sont humains ! Servir Dieu n'est en rien une armure indestructible qui nous protégerait du doute, de la peur, de la douleur, de la maladie.

À l'heure où la mort approche, nous sommes peut-être confrontés plus que les autres à la responsabilité de ce que nous avons professé dans notre existence : l'incarnation du Christ, notre espérance en l'au-delà. Mais évitons de nous nourrir de clichés. C'est parce que nous attendons des religieux une conviction inébranlable que nous jugeons que leurs interrogations sont le signe d'une faiblesse impardonnable.

J'ai accompagné un prêtre qui m'a confié :

— Oublie les discours convenus. Ne dis rien à la légère. Quand tu seras comme moi, à cet instant, au soir de ta vie, ta sincérité sera précieuse face à l'angoisse de l'inconnu.

Le serviteur de Dieu a la charge de présider les célébrations et de bénir la communauté. *Benedicere* : dire le bien, dire le bien suprême : Dieu. Pécheur parmi d'autres pécheurs, je suis, en tant que prêtre, investi de la mission de transmettre à Son peuple l'amour de Dieu.

Vingt-cinq ans plus tard, la grâce d'en être le viatique n'a pas diminué. Je comprends donc la souffrance de mon ami Bernard qui ne célèbre plus depuis son hospitalisation, il y a quatre mois.

La famille de Bernard est originaire d'un village voisin du mien. Il aurait dû être dans le clan de mes ennemis. À l'époque de nos culottes courtes, nous partions en guerre contre les fils des industriels de la chaussure. Ces derniers privilégiaient son village pour y établir leurs résidences. Tandis que le mien, Uberach, regroupait plutôt les familles d'ouvriers. Mais Bernard, en tant qu'enfant de cafetier, échappait à notre courroux. Lorsque nos chemins se sont croisés au service de réanimation de Hautepierre, je n'ai pas manqué de lui rappeler nos batailles rangées dans les champs où les mottes de terre nous servaient de munitions pour bombarder la bourgeoisie locale !

Bernard est devenu médecin et prêtre. Il s'est engagé dans une communauté charismatique dont il est le berger.

Une amélioration de son état de santé lui a permis d'assister à la messe de Noël à la chapelle. Accompagné de son médecin, Malika, il est descendu pour partager avec nous ce temps fort liturgique.

Je suis particulièrement fier de la façon dont les abeilles de la Ruche se démènent pour décorer la chapelle. Avant tout, je dois mentionner le travail de Vincent qui prend une journée entière de congé pour monter la crèche. Il vient depuis dix-neuf ans installer décor et personnages. Chaque année, il réaménage l'ordonnance ! Vincent s'applique à noter les modifications de façon à ne jamais les répéter d'une année sur l'autre. Le personnel et les membres de la Ruche qui sont au courant guettent dès le premier dimanche de l'Avent les nouveautés issues de sa créativité.

Lorsque Bernard est venu nous rejoindre ce Noël-là, la crèche couvrait entièrement un pan de mur, entourée par une forêt de vrais sapins. Une bonne quinzaine de ces arbres, disposés de chaque côté, diffusaient leur odeur agréable. Les personnages proviennent de la paroisse Saint-Louis, à quelques kilomètres de là. À l'époque où le conseil de fabrique m'en avait fait cadeau, j'avais encore la 206 de la communauté et j'ai dû faire plusieurs voyages pour transporter les fragiles statues jusqu'à l'hôpital. Dans mon rétroviseur, j'observais avec anxiété Marie et Joseph malmenés à chaque feu rouge. Pour éviter qu'elles ne se cassent en route, j'ai adressé une petite prière à saint Christophe, qui fit passer le Christ de l'autre côté de la rivière en le portant sur ses épaules. J'ai eu le bonheur d'être exaucé !

Sœur Lucina les a restaurées, repeintes, tandis que je détournais, au grand dam de ma mère, une petite armoire pour la transformer en étable. L'immense crèche fait à présent le bonheur des petits et des grands. Source de réconfort comme de curiosité, elle attire régulièrement les visiteurs et les malades.

L'eau du ruisseau installé par Vincent coulait devant la petite partie encore visible de la fresque de Sylvie Lander. On distinguait le passage vers l'au-delà derrière les sapins et le décor de la crèche. J'ai aimé ce symbole de renaissance allant du baptême à la résurrection.

La messe de Noël s'est terminée par une bénédiction solennelle ; je me suis tourné vers Bernard :

— En ce moment, à Rome, Benoît XVI doit lui aussi donner aux pèlerins rassemblés sous son balcon la bénédiction solennelle *urbi et orbi.* La chapelle de Hautepierre va vous offrir une bénédiction aussi belle que celle du pape.

J'ai tendu le micro à Bernard et c'est lui qui nous a transmis l'amour de Dieu. Le prêtre malade qui bénit son aumônier bien portant est une image magnifique que j'ai reçue comme un cadeau pour l'anniversaire de mes vingt-cinq ans de sacerdoce.

La maladie marginalise, en ce sens qu'elle nous éloigne de notre quotidien, nous empêche d'effectuer la fonction qui nous incombe, notamment notre activité pastorale. Parfois, aussi, nous sommes confrontés à une plus grande solitude.

Être délaissé par ses proches est une situation que n'a jamais vécue le père Raymond Maier, curé de Grendelbruch, lors de son hospitalisation.

Je l'avais rencontré une ou deux fois lors de célébrations dans sa paroisse, mais c'est à bord du paquebot que nous avons eu le temps de faire connaissance. Le curé Maier était de vingt ans plus âgé que moi. Tout le monde le surnommait Raymes, diminutif affectueux de son prénom. À peine notre curé installé dans sa chambre, le poste téléphonique des infirmières et celui de l'aumônerie se transformèrent en standard, pris d'assaut par les amis et les paroissiens de Raymes, inquiets pour sa santé. Entre les coups de fil et les visites, la chambre ne désemplissait pas et nous avons dû mettre le holà pour que Raymes se repose et suive son traitement convenablement.

J'aimais beaucoup converser avec ce prêtre gai et bon vivant. Un homme généreux. J'ai été marqué par la joie qu'il mettait en toutes choses et par sa simplicité dans ses relations avec autrui. Il me racontait sa vie paroissiale, du bal populaire, auquel il n'hésitait pas à participer, à la crèche de Noël qui continue à faire la gloire de Grendelbruch : elle reconstitue le village avec en toile de fond des pentes enneigées d'où dévalent des personnages de skieurs.

Raymes me posait des questions sur le parcours qui m'avait mené à la prêtrise. Je lui avais raconté mon ordination dans la cathédrale de Strasbourg

— Les seules choses qui m'aient fait défaut, ce sont le calice et la patène, cadeaux qu'offrent généralement le parrain et la marraine. Les miens étaient déjà décédés à l'époque.

— Personne d'autre n'y a suppléé ?

— Ma mère, bien évidement, désirait me les offrir. Je savais qu'elle choisirait les plus beaux parmi ceux proposés dans les magasins religieux. Je préférais qu'avec ses petits moyens de veuve et de retraitée, elle garde cet argent. En tant qu'assomptionniste, quelle que soit la communauté où je me déplace, il y a toujours un calice et une patène pour célébrer l'eucharistie.

Après plusieurs semaines, Raymes a finalement débarqué de notre paquebot, laissant beaucoup de passagers dans la tristesse de sa disparition.

Sa sœur m'a rendu visite après son décès. Elle m'a tendu un paquet :

— Accepter ce cadeau serait le plus bel hommage que vous puissiez rendre à mon frère.

Raymes m'a légué le calice et la patène qu'il avait reçus pour sa propre ordination. Lorsque j'utilise ces objets qui servent à offrir, consacrer et consommer le pain et le vin, corps et sang du Christ, je ne manque jamais d'évoquer le nom de leur propriétaire d'origine.

« Seigneur, Toi qui n'oublies jamais personne... »

Raymes n'est resté qu'un ou deux mois à Hautepierre.

Monseigneur Eugène Klein, ancien évêque de Nouméa, a passé six années au service de réanimation. Mes pensées se tournent plus particulièrement vers lui cette année, car Germaine, sa cousine, est partie le rejoindre. Cette femme, d'un dévouement et d'une fidélité exemplaires, a été une leçon de patience et d'amour pour nous tous par sa présence quotidienne à son chevet.

Trachéotomisé, monseigneur Klein vivait dans une dépendance extrême, qui, à mes yeux de prêtre, ne lui ôtait en rien la grâce du sacerdoce conféré par sa charge d'évêque. Je souhaitais donc recevoir sa bénédiction. Je me mettais à genoux devant son lit et Germaine prenait tendrement la main de son cousin qui ne pouvait plus la mouvoir de son propre chef. Monseigneur me bénissait ainsi.

J'aurais tant aimé que sa crosse épiscopale, ce bâton pastoral qui symbolise le pouvoir attribué à l'évêque, reste à bord du paquebot de Hautepierre. Je l'aurais scellée dans un des murs de la chapelle, incluant ainsi à tout jamais, dans les fondations de notre communauté chrétienne, la mémoire de cet homme qui a vécu si longtemps à nos côtés.

Ces rencontres avec des ecclésiastiques dans le contexte de l'hôpital m'émeuvent toujours autant et m'éclairent sur mes engagements.

Cependant, elles n'ont pas systématiquement la connotation dramatique d'une fin de vie. Je me rappelle mon choc lorsque j'ai été prévenu qu'une carmélite venait d'être admise dans un service.

— Une carmélite ? C'est impossible.

Sœur Anne-Marie, qui travaillait encore avec moi, lève le nez du courrier qu'elle est en train de rédiger.

— Explique-moi pourquoi une carmélite n'aurait pas le droit d'être malade ?

Ma réponse fuse, provoquant l'hilarité de ma collègue :

— Parce que ces religieuses sont d'un autre monde !

Je connaissais les carmélites par le couvent de Marienthal, situé à une vingtaine de kilomètres de mon village natal. Je m'y rendais lorsque j'étais enfant. Lorsque je regardais ces visages enveloppés dans leur habit de moniales, j'étais persuadé de contempler des saintes. Elles prenaient leur petit déjeuner avec Dieu, c'était évident.

Jeune prêtre, j'avais célébré quelques messes dans le carmel, construit à côté de la basilique, haut lieu de pèlerinage marial en Alsace, et j'avais été fortement impressionné par ces femmes. Il me semblait effleurer une part d'immatérialité qui appartenait au paradis.

Cependant, avec l'arrivée de notre carmélite sur le paquebot, j'allais enfin recevoir une réponse à une question qui me taraudait depuis l'enfance.

— Après quarante années passées avec la tête enserrée dans son voile, crois-tu qu'elle a encore des cheveux ? Elle est peut-être tondue ?

— Va lui porter la communion au lieu de divaguer !

Sur la pointe des pieds, je suis entré dans la chambre de la moniale. Je vais satisfaire votre curiosité, comme j'ai enfin satisfait celle de mon enfance : ma carmélite avait des cheveux. Elle m'accueille avec le sourire, mais le ton est ferme lorsqu'elle s'adresse à moi :

— Je communie tous les jours, à jeun, selon la règle de mon ordre. Il faudra venir plus tôt, mon père, avant le service du petit déjeuner.

Je retrouve d'un seul coup mon autorité d'aumônier.

— Ma sœur, vous êtes dans un hôpital, pas au carmel. Avec l'organisation du service, il va falloir vous accommoder d'une communion pendant la matinée.

Je cherche néanmoins à lui porter le Seigneur dès que possible. Or, un jour, bousculé par les impératifs de mon activité, j'oublie tout simplement le désir de ma carmélite. Il est midi lorsque je me rappelle brusquement mon devoir. Je galope à travers les services, glisse le long du couloir qui mène à sa chambre, freine sur le seuil et là, patatras ! Plateau-repas devant elle, ma moniale est en train de mâcher consciencieusement sa côte de veau et d'avaler sa purée de pommes de terre. Je recule le plus discrètement possible, décidé à repasser. Elle m'interpelle :

— Vous venez maintenant pour la communion ?

J'adopte un air contrit et acquiesce d'un tout petit signe de tête timide, prêt à encaisser les foudres de ma moniale dont je ne respecte pas les habitudes. Elle me regarde, soupire et, avec un petit sourire en coin, me lâche :

— Un jour, le Seigneur était couché sur de la paille ; aujourd'hui, il peut bien reposer sur de la purée.

Et j'ai donné la communion à ma carmélite pleine d'humour entre deux bouchées de son déjeuner.

Indépendamment du côté humoristique de cette anecdote, porter l'hostie consacrée aux malades reste un privilège des sacrements de l'Église.

L'Alsace se partage historiquement entre deux religions chrétiennes : protestante et catholique. Je plaisante régulièrement sur le fait que mes repères catholiques, ancrés en moi depuis l'enfance, sont liés à des circonstances géographiques. Les protestants habitaient sur l'autre rive de la rivière. Néanmoins, mon tempérament m'attirait spontanément vers les mystères de l'Église. Enfant, j'admirais les fils d'or qui ornaient la chasuble du curé de ma paroisse. Adulte, j'ai ressenti l'impérieux besoin d'une vie liturgique riche en symboles.

Pasteur protestant ou prêtre catholique, l'aumônier d'hôpital est à l'écoute du malade. Cependant, à travers les sacrements, l'Église m'offre de partager des moments d'intensité fraternelle qui soutiennent mon activité pastorale. Nous sommes dans une petite chambre d'hôpital, pourtant l'hostie, consacrée lors d'une célébration, lie le malade à l'Église, celle du diocèse, mais surtout à l'Église universelle.

Quelquefois, un patient souhaite se confesser. Qui suis-je pour absoudre autrui ? Une fois encore, je ne suis que le viatique de cette grâce, comme de celle de pouvoir transmettre la bénédiction. Dire à un frère en humanité : « Je te pardonne tes péchés au nom du Père, du Fils et du Saint-Esprit » me remplit d'humilité et du bonheur d'être le serviteur qui témoigne de la miséricorde du Seigneur.

Parmi les sacrements de la pastorale des malades, l'onction des malades illustre le réconfort et le soutien de l'épreuve offerts en communion avec l'Église universelle.

Il est dommage que les familles tardent à appeler un prêtre lorsque le malade désire ce sacrement, afin de ne pas augmenter ses angoisses.

L'ancienne appellation d'« extrême-onction » reste, à tort, encore en mémoire. Il effraie en indiquant que la mort est proche. Voilà longtemps que l'Église lui a substitué le terme d'« onction des malades ». C'est un trésor de forces à puiser dans la foi, et non le dernier tampon d'un visa sur le passeport du chrétien avant son passage dans l'au-delà.

On oublie que l'ultime sacrement du mourant est le viatique, c'est-à-dire la communion. Il n'y a plus que dans les films historiques que nous voyons un curé s'habiller en toute hâte avant de se précipiter au cœur de la nuit, sa route faiblement éclairée par une lanterne, pour porter le corps du Christ à un mourant. Avec l'avancée des soins médicaux, le malade, nourri par sonde, est souvent incapable d'avaler. Pour des raisons techniques, l'onction des malades devient alors le dernier rite de passage.

Pourtant, contrairement à une idée reçue, l'onction des malades est donnée à des personnes conscientes. Raison supplémentaire pour former notre communauté sur le sens de ce sacrement. La réforme du concile le recentre sur le réconfort qu'il apporte au malade en s'appuyant sur des versets de la lettre de saint Jacques :

> « Si l'un de vous est malade, qu'il appelle ceux qui exercent dans l'Église la fonction d'Anciens : ils prieront sur lui après lui avoir fait une onction d'huile au nom du Seigneur. Cette prière inspirée par la foi sauvera le malade : le Seigneur le relèvera et, s'il a commis des péchés, il recevra le pardon. »

Toute l'Église, à travers ce signe, intercède pour les malades. Je souhaite que la célébration soit un moment de paix et de sérénité. Pour cela, je ne me précipite pas dans la chambre du malade avec mes fioles et mes livres de prières. Je prends le temps de discuter avec la famille.

Jean-Paul m'avait été plus particulièrement confié par Joseph, un ami. Dans le couloir, je croise le professeur Kessler, responsable du service de pneumologie.

— Je vais voir un de tes patients.

— Je ne te cache pas que son cas est sérieux. Nous sommes en attente d'une greffe de poumon.

Jean-Paul est affaibli, mais il me reçoit très amicalement. Il porte un pyjama dont le haut est rouge. Au fil des jours, ce tee-shirt deviendra un talisman qu'il refusera de quitter même en réanimation.

Le soir, je rencontre Josiane, sa femme. Je vais régulièrement rendre visite à Jean-Paul. La semaine s'écoule, sans nouvelle positive sur une greffe possible. Je m'absente une journée pour un déplacement à Paris. À mon retour, je fais un saut rapide dans mon bureau. Un Post-it est collé bien en vue sur l'écran de mon ordinateur : « Urgent. Va voir Jean-Paul. »

Une atmosphère d'inquiétude règne dans la chambre. Josiane me prend par le bras. Si aucune amélioration sur le plan respiratoire ne survient, le malade sera transféré au service de réanimation pour une assistance ventilatoire.

— Jean-Paul ne va pas bien du tout. Nous avons parlé de l'onction des malades. Il est prêt.

L'état de Jean-Paul nous impose de ne pas retarder davantage la célébration du sacrement. Il est parfaitement lucide sur sa situation. Dans le contexte dramatique d'une absence de greffe qui le condamne à une mort certaine, Jean-Paul m'émerveille par le calme qu'il imprime à ceux qui l'entourent, y compris à son voisin de chambre, angoissé par nos préparatifs. Il donne ainsi le ton pour une onction des malades dans la plus grande sérénité.

Le sacrement des malades est marqué par deux gestes : l'imposition des mains et l'onction de l'huile sainte. Cette dernière a été bénie par l'évêque lors de la messe chrismale.

« Frères, dans tout ce qui nous arrive, nous ne perdons pas courage, et même si en nous, l'homme extérieur va vers sa ruine, l'homme intérieur se renouvelle de jour en jour. »

L'exhortation de saint Paul apôtre aux Corinthiens résonne en nous avec une gravité supplémentaire.

Quelques jours plus tard, l'échéance ne peut être reculée et Jean-Paul est admis en service de réanimation. Un soir, un médecin réanimateur m'avoue son impuissance.

— Si un greffon n'est pas disponible d'ici vingt-quatre heures, c'est la fin.

Dans la nuit, le paquebot de Hautepierre reçoit le signal tant attendu. Tout le monde est sur le pont. À deux heures du matin, Jean-Paul est transporté au centre-ville pour bénéficier de la greffe ! Son dernier mot avant de sombrer dans l'inconscience avait été pour préserver son tee-shirt rouge.

— Ne le découpez pas ! S'il vous plaît !

Le personnel soignant va respecter son vœu de protéger son talisman. Jean-Paul nous reviendra en vie à Hautepierre pour quelques semaines, avec un poumon tout neuf et un tee-shirt qu'il gardera précieusement en souvenir d'une période difficile de son existence. À présent, il déborde d'activité. Il est devenu comme un grand frère pour moi.

Mon emploi du temps est toujours aussi chargé depuis vingt-cinq ans. Toutefois, la demande des malades de recevoir le sacrement de l'onction en urgence est en nette baisse. Elle correspond bien évidemment à une désaffection générale de la population vis-à-vis de l'Église. Écrire cette phrase me fait mal. J'ai donné ma vie au Seigneur. Je crois à la puissance de l'Évangile et je m'affole de constater que notre Église, mon Église, ne touche plus le cœur des gens.

Lorsque je suis, en pleine nuit, au côté de parents qui sont sur le point de perdre leur enfant victime d'une chute de moto, je voudrais traîner le magistère à son chevet et lui crier de ne plus se cantonner à être le gardien des dogmes.

Communiquer la passion de l'Évangile, communiquer la voie du bonheur qui est de suivre le Christ, voilà l'urgence !

L'Église a vingt siècles et moi vingt-cinq ans de sacerdoce. J'ai vieilli, perdu des illusions de jeunesse. Néanmoins, je tiens à conserver cette fougue qui m'a poussé à devenir prêtre.

Je n'hésite pas non plus à défendre ma foi et mon engagement. Et je ne transige jamais lors de la célébration d'obsèques, que l'église soit pleine ou désespérément vide comme souvent lors de l'enterrement d'un indigent. Dans tous les cas, j'officie en aube, indiquant clairement ma position d'ecclésiastique ; j'inclus le Notre-Père – prière des chrétiens par essence – dans la célébration, et je place la croix du Christ à côté du cercueil.

Un jour, je m'aperçois quelques instants avant le début des funérailles que la croix a été enlevée. C'est un ouvrage sur pied, de la taille d'un homme. Je m'en étonne auprès du personnel des pompes funèbres.

— C'est la fille du défunt qui a demandé à la faire ôter.

Je me redresse, retrousse mentalement mes manches et marche vers la jeune femme pour lui demander des explications. Elle hausse les épaules.

— La croix est tout de même un peu voyante, non ?

Son mari est à ses côtés. Je le désigne du doigt.

— Ce timbré, vous allez me le virer, et tout de suite. Je ne veux pas le voir ici. Qu'il dégage ! C'est ça ou bien je quitte la chapelle immédiatement.

Elle n'en croit pas ses oreilles : le prêtre vient d'insulter son époux !

— Mais vous êtes fou ! C'est mon mari !

— Eh bien, voyez-vous, madame, moi, c'est au Christ que j'ai lié mon existence. Je lui ai tout donné. J'avais une superbe profession d'infirmier anesthésiste. Je gagnais bien ma vie. Je n'étais pas trop moche et j'aurais pu me marier, fonder une famille. Seulement j'ai choisi de suivre le Christ, de tout partager avec lui. Je ne l'abandonnerai pas et il ne m'abandonnera pas. Alors quand je célèbre des obsèques en son nom, je veux que symboliquement il soit à côté de moi, comme vous, vous désirez en ce jour la présence de votre mari.

Cette femme avait peut-être un compte à régler avec l'Église. Je sais que malheureusement, il est facile de blesser. Cependant, elle a compris le sens de mes propos et la croix a réintégré la place qui lui revenait.

Avant de commencer des funérailles, j'évoque Sa présence :

« Nous avons placé la croix de Jésus qui rappelle que toute vie est précieuse, que chacun est Son enfant bien-aimé, et qu'avec Lui rien ne se perd. »

C'est ma façon d'annoncer la résurrection et d'affirmer qu'avec Lui, nous ne pouvons pas être dans l'impasse.

Lorsque je lis les Évangiles, je suis frappé par le caractère de Pierre. Il a tout du fanfaron, un peu fruste, qui vivait cramponné à la seule existence qu'il était capable d'imaginer : vivre du produit de sa pêche dans le lac. Au contact du Christ, il abandonne ses filets pour le suivre. Je suis émerveillé d'imaginer combien cet homme a dû être bouleversé par la puissance du message de Jésus au point de faire violence à sa nature simple et de s'engager dans l'inconnu. Le caractère bourru de Pierre n'a pas changé. À l'arrestation de Jésus, il a eu peur et n'a pas hésité à le renier trois fois. Mais avoir été le disciple du Christ lui a appris qu'il était le Chemin, la Vérité, la Vie, et il a fini par avancer au large.

Être un passionné de l'Évangile ne me rend pas pour autant aveugle vis-à-vis de l'Église. Je trépigne souvent d'impatience. Quand donc montrera-t-elle de l'audace ? Elle en est fort capable, ainsi qu'elle l'a prouvé en se positionnant sur les greffes d'organes, véritable don de soi.

« Il n'est pas de plus grand amour que de donner sa vie pour ceux qu'on aime. »

J'avais choisi ce verset tiré de l'Évangile de Jean pour l'imprimer sur les images commémoratives de mon ordination.

Ce sont également les paroles à partir desquelles j'avais développé la prédication des funérailles de Corentin. Il venait de décrocher son premier boulot et livrait des pizzas à domicile. La pluie trempait les rues de Strasbourg et il n'a pas réussi à conserver l'équilibre de son scooter. Il a buté contre une borne en béton. Son corps a été projeté contre un mur. Dès son admission à l'hôpital, en réa, la famille a réclamé un aumônier. Je la rencontre. Nous prions ensemble et, lorsque je sors du box, le médecin du service me fait signe. Il désire me parler.

— D'après les premiers résultats des examens, une évolution en mort encéphalique est prévisible.

Cet état rare et irréversible permet un prélèvement d'organe en vue d'une greffe sur un autre malade. Le médecin connaît également les réticences des proches lorsqu'il s'agit du don d'organes dans un moment aussi douloureux que celui-ci. Les questions abondent et il est parfois difficile de les poser.

— La famille est croyante. Je souhaite m'appuyer à la fois sur la position de l'Église et ton passé d'infirmier anesthésiste pour te demander de leur parler de cette possibilité et apaiser leurs inquiétudes.

Le lendemain, après les examens d'usage, le personnel confirme que Corentin est bien en état de mort encéphalique. J'ai longuement parlé avec la famille du prélèvement d'organes. La loi française a tranché : « Qui ne dit mot consent. »

— Qu'en pense l'Église ? se sont inquiétés les parents de Corentin après avoir épuisé toutes leurs questions sur l'aspect technique de l'intervention.

Le discours que tient cette dernière est clair et ferme, et ce depuis 1956 : l'Église encourage le don d'organes sans l'imposer.

Les parents de Corentin ont donné leur accord. Les deux reins, le foie, le bloc cœur-poumon ont été prélevés afin d'être transplantés sur des malades qui resteront à jamais anonymes. Le souhait de la famille a été que ce très beau geste d'amour soit évoqué lors des funérailles. Devant les nombreux amis de ce jeune homme, j'ai souligné, lors de la célébration de l'adieu, que Corentin était allé jusqu'au don ultime de sa vie. Grâce à lui, aujourd'hui, d'autres peuvent vivre.

Au sujet de la greffe d'organes, le discours officiel de l'Église se situe totalement en phase avec un problème de société. Elle accueille la modernité des techniques chirurgicales. Elle en analyse sainement les avantages et les inconvénients en gardant en mémoire la Parole de Vie qui privilégie l'homme. Ensuite, elle invite le chrétien à choisir en son âme et conscience.

J'aimerais que l'Église poursuive cet élan prophétique qui pousse à s'ajuster à l'évolution de la société. Qu'elle regarde avec compassion les blessés de l'amour que sont les divorcés remariés : je suis moi-même blessé lorsque l'Église interdit à un frère de recevoir le Seigneur durant l'eucharistie. Il est temps de poser des actes audacieux de charité sur cette question.

Qu'elle s'interroge sur l'avenir des prêtres. Dans dix ans, 70 % des prêtres en France auront plus de soixante-quinze ans. Faut-il envisager d'ouvrir la porte du sacerdoce aux hommes mariés ? La question n'est pas théologique, mais disciplinaire. C'est une orientation que l'Église a choisie au XIe siècle. Si demain un pape autorisait les prêtres à se marier, cette décision ne remettrait pas en cause les dogmes de la foi catholique. Je ne comprends donc pas une telle objection de la part de l'Église.

Comment ne pas s'interroger aussi sur la place des femmes dans l'Église ? Pourquoi les écarter de la fonction sacerdotale ?

Ce sont des questionnements qui surgissent systématiquement dans les discussions où je suis interpellé en tant que prêtre. D'autant plus qu'en tant que religieux, j'ai fait vœu de chasteté. Les plus pondérés s'effarouchent d'une vie qu'ils jugent contre nature puisque dénuée de relations sexuelles, les plus directs me traitent de frustré !

La chasteté se choisit tout au long de sa vie religieuse. Contrairement aux apparences, la soif d'absolu de la jeunesse permet certainement de mieux la vivre. De fait, il est indispensable de maintenir un équilibre de joies et de bonheurs tout au long de son sacerdoce.

Je crois que la seule chose qui soit contre nature, c'est de ne pas savoir aimer.

Le prêtre aime à sa façon, en excluant l'étreinte physique.

J'aime à travers les nombreux baptêmes et mariages que mon ministère me donne à célébrer. Et que dire de la joie de les préparer ! Je suis émerveillé par ces rencontres. Après une journée harassante, ces moments de bonheur où je suis témoin du désir d'un couple de s'unir et de s'aimer tendrement sont de véritables bouffées d'oxygène

J'aime mon activité pastorale et je mène une vie équilibrée riche en amitiés, une vie familiale également, grâce au soutien de ma communauté assomptionniste.

L'appartement de ma communauté est un havre de paix où, tous les soirs, dans ma prière, défilent les visages de celles et ceux que le Seigneur m'a confiés durant la journée.

Oui, je suis un prêtre, râleur, dévoré par ses occupations, souvent en retard, toujours pressé, mais fondamentalement heureux. Oui, si c'était à refaire, contre vents et marées, je signerais devant Dieu des deux mains mon engagement à le servir.

J'aime répéter qu'il n'y a pas de divinité sans humanité.

Mes vingt-cinq ans de sacerdoce m'ont fait comprendre que ce qui est sacré, ce n'est ni un autel ni même un tabernacle. C'est l'homme.

Épilogue

Le rouge est mis

Le 14 juillet 2006, mon premier geste a été de prier pour mes parents et ma marraine. Puis je suis allé guetter l'ouverture de la boutique du fleuriste. Dès le lever du rideau de fer qui en masquait l'entrée, je me suis précipité à l'intérieur pour acheter cinquante roses.

J'ai déposé délicatement mon fardeau odorant à l'arrière de la 207 rouge de la communauté et j'ai roulé jusqu'à Uberach, mon village natal.

Là-bas, j'ai divisé le bouquet en deux et arrangé les fleurs sur les tombes de mes parents et de ma marraine. La chaleur montait, implacable. Je me doutais que dans quelques heures, le soleil aurait fané l'expression de ma reconnaissance envers ceux qui ont fait de moi ce que je suis. Qu'importe, je désirais avant tout fêter la nouvelle avec mes proches, dans la lumière de Dieu.

Je n'ai aucune honte à avouer que j'ai pleuré comme un enfant devant ces tombes.

C'est par respect et amour pour eux que j'ai accepté mon entrée dans l'ordre de la Légion d'honneur, au rang de chevalier. J'étais sûr que ma famille, issue d'un milieu modeste, aurait été fière de cette décoration.

J'ai de tendres souvenirs de la convivialité de cette journée de novembre où le député européen Joseph Daul m'a remis les insignes. Cette cérémonie était placée sous le signe de l'amitié et de la fraternité. La plupart des orateurs, y compris ma filleule Éloïse, n'ont pas hésité à me brocarder avec humour sur le ruban rouge accroché au revers d'un veston d'ecclésiastique. Le professeur Philippe Wolf suggérait qu'outre qu'il s'accordait avec la couleur de ma voiture, le rouge du ruban reflétait mon tempérament révolutionnaire. Mon frère et mentor le père assomptionniste Marie-Bernard Kientz citait avec amusement que le texte liturgique du jour pourfendait « les scribes qui tiennent à sortir en robes solennelles et qui aiment les salutations sur les places publiques ».

J'ai apprécié que la République reconnaisse mon travail et récompense ainsi l'intelligence du cœur. La douceur du regard et la tendresse n'ont pas de rites, de chapelles.

À mon tour, cette année, j'ai eu le privilège de remettre les insignes de chevalier de la Légion d'honneur à Valérie, rescapée du crash du mont Sainte-Odile, qui m'a fait l'amitié de me demander de présider la cérémonie.

Nous avons en partage, elle et moi, l'amour de la vie.

Ah ! l'amour…

Lorsque j'étais jeune lycéen, au début des années 1970, je me plaisais à écrire dans les marges de mes cahiers : « Faites l'amour et pas la guerre. »

L'amour…

Un mot tellement accommodé à toutes les sauces qu'il en est devenu banal.

Mais rien n'y fait, l'amour reste un vocable enchanté dans l'esprit de tout homme, car nous sommes tous pétris d'amour, créés pour aimer et être aimés.

L'amour est l'humble chemin quotidien d'une attention bienveillante à l'autre. Il est ce trésor qui résiste à l'usure du temps, qui fracasse les tombeaux de l'indifférence et du mal.

J'en suis le témoin quotidien dans mon hôpital. L'amour de Dieu inonde le cœur de l'homme, chaque fois que la compétence médicale réalise des merveilles, chaque fois qu'une main essuie des larmes qui coulent sur les joues d'un corps malade et abîmé, chaque fois qu'un sourire, un geste de tendresse est offert à des êtres fragilisés et vulnérables.

Cet amour pourtant n'est pas chose facile à vivre, parce qu'il implique le dépassement des réactions les plus instinctives de l'homme.

Cet Amour de Dieu et des autres, que le Christ a enseigné et qui se dit aujourd'hui dans toutes les langues avec les mêmes mots – fraternité, solidarité, tendresse, espérance… –, qu'il cesse de se heurter aux résistances de nos racismes et de nos préjugés !

Aimer à la manière de Jésus, c'est se mettre au service de l'autre, avec un cœur prêt à donner gratuitement, sans attendre d'être payé en retour.

Aimer avec Jésus, c'est embrasser la croix du pardon, de la réconciliation et de la paix, plutôt que de brandir les armes de la vengeance et de l'excommunication.

Néanmoins, qui que nous soyons, quelle que soit notre sensibilité, malade, handicapé ou bien portant, quelle que soit la couleur de notre peau, ne l'oublions pas, chacun d'entre nous est inscrit au patrimoine universel de l'Amour de Dieu.

En évoquant le « face-à-face » de la « Rencontre », l'abbé Pierre écrivait : « Quand on a mis sa main dans celle des pauvres, à l'heure de mourir, on trouve la main de Dieu. »

Contre vents et marées, quelquefois avec maladresse, mais toujours avec tendresse, jamais je ne me lasserai de garder le cap sur l'amour.

Remerciements

Mgr Charles-Amarin Brand, archevêque émérite de Strasbourg, m'a imposé les mains le jour de mon ordination. Contre vents et marées, il m'a toujours conforté dans le bonheur que me procure l'exercice de mon ministère en tant qu'aumônier d'hôpital. Qu'il en soit, par ces lignes, sincèrement remercié.

Merci à Vivianne Perret pour sa collaboration. Ensemble, nous avons vécu mon quotidien, alternant d'irrésistibles fous rires et les moments de tristesse partagée. J'ai apprécié sa rigueur qui me poussait dans mes retranchements et la justesse de ses mots. Je demeure persuadé que cette belle complicité perdurera au-delà du dernier chapitre de cet ouvrage.

Je remercie Alain et Danielle Noël pour leur constance à m'accorder leur confiance au fil des livres que nous avons publiés.

Et un merci chaleureux à Simone et Jean-Claude Otteni pour leur relecture attentive et leur fidèle amitié.

Table

Cet ouvrage a été imprimé par
CPI Firmin Didot à Mesnil-sur-l'Estrée
en juin 2010

Composé par Nord Compo Multimédia
7, rue de Fives, 59650 Villeneuve-d'Ascq

Dépôt légal : avril 2010
N° d'édition : 2591 – N° d'impression : 100420
Imprimé en France